有度文化

向迅 著

七月晚餐

南方幻想故事集

图书在版编目(CIP)数据

七月晚餐:南方幻想故事集/向迅著.—太原:北岳文艺出版社,2024.3
ISBN 978-7-5378-6818-1

Ⅰ.①七… Ⅱ.①向… Ⅲ.①短篇小说—小说集—中国—当代 Ⅳ.① I247.7

中国国家版本馆 CIP 数据核字(2024)第 005681 号

七月晚餐:南方幻想故事集

向迅 / 著

//

出品人 郭文礼	出版发行:山西出版传媒集团·北岳文艺出版社 地址:山西省太原市并州南路 57 号　邮编:030012
	电话:0351-5628696(发行部)　0351-5628688(总编室)
选题策划 刘文飞	传真:0351-5628680
	经销商:新华书店
责任编辑 刘文飞 武慧敏	印刷装订:山西人民印刷有限责任公司
	开本:787mm×1092mm　1/32
助理编辑 殷欣如	字数:139 千字 印张:7.625
	版次:2024 年 3 月第 1 版
装帧设计 FAJUN	印次:2024 年 3 月山西第 1 次印刷
	书号:ISBN 978-7-5378-6818-1
印装监制 郭勇	定价:59.8 元

本书版权为本社独家所有,未经本社同意不得转载、摘编或复制

目录

七月晚餐	…… 001
小镇艺术家	…… 015
我所认识的巨翅老人	…… 039
父亲失踪史	…… 073
沙之书与巴比伦花园	…… 099

白色灯塔　　　　　　　　…… 119

悬置地带　　　　　　　　…… 141

妻子变形记　　　　　　　…… 183

创作谈：关于小说，我能说点什么？ …… 227

七月晚餐 |

七月在黄昏时分进驻村子，携带着一场强劲雨水。

空气潮湿而又燠热，扑朔着蜀葵隐忍的花香和浓郁的泥腥气。父亲披着一身雨水，从玉米地里归来，鞋底沾着草浆和泥。他没有预料到这场雨来得这样快，也就没有戴草帽，头发一绺一绺地黏在一起，贴在脑门儿上。他的身上，游荡着布匹被雨水浆洗过的味道。他的胳膊，滑腻腻的，一半白皙，一半紫红。

七月的夜晚比六月来得早。囫囵吃完晚餐，疲惫不堪的父亲和我们一道，迷失于小径交错的迷宫。蛇从黑黝黝的烟囱口爬进迷宫。蛇芯子宛若一簇簇猩红的火焰，在湿漉漉的夜之花瓣上神出鬼没。它们比井水还冰凉的皮肤，滑过我们的大腿、腰腹、脖子和手臂，沉甸甸的凉意。我们像触电，却不敢动弹，直到它们游到床的另一边，游进黑夜的深渊。我们蜷缩成一团，牙齿打战，浑身瑟瑟发抖，汗珠子浸湿床单,恐惧塞在嗓子眼儿里,却喊不出声来。

父亲的呼噜声格外响亮。这是一场声音的雨水。它们时而高亢,时而低沉,时而舒缓,时而短促,咕噜咕噜直响。这场雨水,逐渐淹没了我们的耳朵,我们的眼睛,我们的恐惧,我们的想象,以及我们所有被黑夜占领的房间。

白天,可怕的梦境像笼罩在玉米地和林子间的雨雾那样消失无踪。屋檐下的石子已被雨水冲刷得又干净又漂亮,荨麻的阴影在马路边和墙根下繁衍,爬满白色刺毛的卵形叶子有的绿得发黑,有的绿得发亮,没有谁敢贸然靠近,哪怕他的手中恰好握着一把长柄镰刀。堆积在圈栏边和窗户下的麦秸垛又潮湿又温热,也没有谁敢贸然靠近,那是老鼠们的藏身之所。

麦秸垛边缘,布满可疑的灰色丝网。

正是蛇出没的季节。它们神秘的洞穴,往往就隐藏在灰色丝网后边。谁也不知道它们是何时从洞穴里像噩梦一样爬出,又是何时悄无声息地潜回洞穴。它们行踪诡异,总是像能够预言未来的巫师一样,出现在人们预料不到的地方。

毛骨悚然的故事,爬行在我们生满蜘蛛网的记忆里。这些故事,都与祖母有关:

她掌着灯到漆黑的卧室睡觉,却猛不丁地撞见一根倒悬在门框上的棍子。刚开始没觉出异样,是小腿上一阵钻心的疼和两颗黑色的血珠让她意识到,那根通体冰凉的棍子是一条尾巴倒挂在门框上的蛇。不得不请来擅长巫术的郎中,一双瘦削而又略带凉意的手,在透明的瓷罐里变出一团蓝色的火焰,然后把瓷罐倒扣在祖母的小腿上。黑色的血珠子,花骨朵一样从伤口处往外冒……

她去储藏室的腌菜坛子里舀腌菜,刚揭开覆满灰尘的盖子,一个魔鬼就猛不丁地从黑黝黝的坛子口探出头,朝着她咝咝咝地吐着蛇芯子。祖母手中的盖子"咣当"一声跌落在地,摔成碎片,她的舌头卷在了一起,目光里布满尘埃……蛇脑袋带着绳索般灵活的身子,漫不经心地从坛子里游了出来,轻得像一缕烟……

而七月的这一天,蛇放弃了终日生活在祖父阴影里的祖母。它厌倦了她痛苦的呻吟和无望的哭泣。它改从婶子爆裂而出却又戛然而止的一声尖叫里爬了出来。"蛇——"她尖细的嗓音,比父亲刮胡须的吉列牌刀片还要锋利,划伤了空气的皮肤。父亲恰好在家歇脚,他闻声从墙角抄起一根棍子,跳进光焰之中。

雨水蒸腾的午后,白花花的太阳落了一地,蝉鸣密如箭镞,天空弯出一个巨大的弧度。我们齐刷刷跑到院子里,伸出比长颈鹿还要长的脖子,朝着婶子家张望,紧张而又兴奋。一头豹子在那堆紧挨着婶子家厨房的麦秸垛旁腾挪闪转,矫捷无比。刺目的阳光,像风暴席卷之下大河的河面一样猛烈晃动。

风暴消失时,父亲从光焰中现身。来自姊子尖叫声里的蛇,耷拉在他用双手紧握着的棍子上。真是一条罕见的大黑蛇。

我们快速地在脑袋里搜索与其尺寸相匹配的物品,茶盅、扁担……我们不敢用手比画它的粗细,也不敢用手臂衡量它的长短。我们害怕手掌上长出第六根手指头,害怕它在睡梦中像森林里吃人的藤蔓植物一样箍紧我们的腰腹和脖子。如果不小心比画了,我们要念上一段古老的咒语……

用不着谁叮嘱,父亲会按照惯例把蛇扔进村子西边那道好似永远也不会干涸、最终通往大河的小溪。而在此之前,他还会遵照古训,用棍子敲碎它的脑袋。如果不这样做,蛇就可能复活,而蛇复活后,会招引成百上千条同类,上门寻仇——那被认为是凶兆,在古老的传说中,蛇就是这样一种报复心极强的动物。

"爸爸——"眼看着父亲即将穿过阳光炽热的院子,我们鼓足勇气叫住了他。

"嗯?"父亲应答了一声,并停下脚步,侧过身,用目光询问我们。

"能不能——"我们嗫嚅着,不知道是害怕父亲,还是害怕蛇。

"怎么了？吞吞吐吐的。"父亲的神色显然有些不快了。

"能不能——把这条蛇杀了？"我们声若蚊蝇，自己都听不见自己嘟囔了什么，但到底把那个大胆的想法说了出来。

父亲明亮的目光，忽然变得陌生起来，似有一团薄雾飘浮其间。他用这种陌生的目光看了看我们，又看了看耷拉在棍子上的蛇。它的尾巴正像水生植物的根须一样舞动着——它好像缓过劲来了。父亲的喉结动了动，嘴唇也跟着动了动。最终，他微笑着问："你们当真敢吃吗？"

"敢！"我们异口同声地回答。其实呢，我们并没有多少底气，因为我们紧接着就因心虚而笑出声来。我们不能确定，自己是不是真的敢吃。我们只是一时兴起。我们只是在无意中听说，邻居家前不久吃了一条蛇，味道鲜美。

"那就杀给你们吃。"父亲稍作犹豫，还是答应了。他转过身，把那条黑色大蛇丢在院子一角，就像丢下一卷灌满雨水的黑色橡胶管。他叮嘱我们看管好蛇——"它可能会逃走。"随即，他遁身室内，叮叮当当地翻找着什么。

蛇确实缓过劲来了。它试图游进院子边缘茂密的花草丛中。夜里刚下过雨，花草丛中又潮湿又凉爽，散逸着隐秘的芬芳，偶尔会有一种叫作马蛇的小型四脚蛇鬼鬼祟祟地出没其间。父亲说过，马蛇是蛇类的救星。它只要吹一口气，就能救活所有奄奄一息的蛇，只要它们的脑袋还没有被棍子敲碎。

我们怀揣着莫可名状的恐惧,拾起父亲丢弃的棍子,踮着脚,远远地扒拉着这条蛇。它是那样结实、滑溜、有分量,周身的花纹像噩梦一样真实。即便隔着长长的一截棍子,我们也能触及那股彻骨的凉意。我们甚至不敢多看它一眼。谁叫它是世界上最阴险、最邪恶的动物呢?

我们的心脏怦怦跳动。我们握着棍子的手,因为紧张而变得僵硬。我们的意志,悄然发生了动摇。我们害怕它在夜晚沿着黑黝黝的烟囱,爬进我们光怪陆离的梦境。我们害怕它魔鬼般的形象,长久地驻留在我们的记忆之中。我们害怕它长出一对鸟的翅膀,在我们天马行空的想象里出没。

父亲现身了。他大步流星地从室内的阴影里走了出来,一手拎着一把不常用的羊角锤,一手捏着一颗像云母一样闪闪发光的钢钉,还有一枚崭新的吉列牌双面刀片。踏过那条阴影与阳光地带的分界线,父亲高高的额头和赤裸的手臂开始闪闪发光,耳垂和部分皮肤近乎透明——毛茸茸的透明,蚯蚓般粗细的蓝色血管清晰可见。他把自己叠成一团的影子踩在脚下。

我们长舒一口气,退让到一边。

父亲是一个伟大的魔术师。他竟在瞬息之间,以一种从未示人的形象,出现在我们面前。他叼着吉列牌双面刀片,像电影里的好汉一样，猫着腰身，朝着蛇，张开跟虎头钳一样坚硬而有力的右手。蛇嗅到了危险的气息，像一段快速舞动的绳索，向茂密的花草丛游去。说时迟那时快，父亲一个箭步迈出，以迅雷不及掩耳之势一把抓住蛇的七寸。蛇身扭动，蛇尾蜷曲，试图缠住父亲的手臂。

我们尖叫起来。好像蛇要缠住的，是我们的手臂。

父亲并不理会。他用一只脚踏住蛇身，亮出手中像云母一样闪闪发光的钢钉，拎起羊角锤，试图把钢钉钉入蛇的七寸。就在那一刹那，蛇"嗞"的一声张开丑陋而又狰狞的方形嘴巴，吐出火焰般的蛇芯子，胡乱挣扎。

父亲就像在无意间触碰到荨麻叶一样缩回双手，霍一下从地面跳起来，眼神扑朔。但见我们齐刷刷地望着他，他迟疑地抬起爬满细密汗珠的手臂，揩了揩闪烁着一片炽热光泽的额头，然后犹疑而又慎重地弯下腰身，就像从地面拎起一捆绳索那样，拎起奄奄一息的蛇，把它钉在位于院子东北角的电线杆上。

每年冬天，村子里的屠夫应邀来我们家杀猪，也是在这个位置让猪发出巨大而空洞的悲鸣。而电线杆上方，始终空空如也，没有神灵现身。

村子忽然安静下来，聒噪的蝉鸣像潮水一样退到天边。羊角锤锤击钉子发出的声音，钉子扎入电线杆的声音，格外沉闷，也格外刺耳，好像来自我们的身体。

树皮剥落的电线杆上，蛇尾像铁钩子一样蜷曲着。

父亲从干裂的嘴唇间取下吉列牌双面刀片，深深地吁了一口气，继而伸出青筋暴突的双手，环绕蛇的七寸，用刀片划出一道圆形切口。悬空的蛇在父亲的怀里，几乎像打结的绳索那样扭在一起，好似要挣脱皮肤的束缚。那是惊心动魄的瞬间。父亲小声地骂了一句，紫红色的双手微微颤抖，太阳穴处的血管也跳了起来。

我们捂着嘴，往屋檐落在地面的阴影里退去。

可父亲退无可退。他把刀片重新放回唇间，开始剥蛇皮。他半蹲马步，大腿和手臂上的肌肉都鼓胀起来，汗珠子顺着他瘦削的脸颊滚落而下。他的脖子被晒黑了，衣领处可见一圈醒目的分界线。衬衣像刚从水中捞出，紧贴他的后背。他就像揪住了蛇的衣领一样，使着寸劲往下扒拉那件缀满黑色鳞片的衣裳。

浓烈的鱼腥味弥漫开来。蛇尾再一次像绳索一样扭动、挣扎。

我们忽然后悔了，可谁也不敢在这个时刻对父亲说"爸爸，我们不想吃蛇肉了"。我们远远地围绕着父亲。他曲着粗壮的胳膊，像在园子里剥杜仲树皮一样，费力地往蛇尾处撸去。空气中响起一串串布匹被撕裂时发出的声音。

整张蛇皮被完好无损地剥下来。父亲把它丢弃在一边。它像蛇蜕一样躺在湿漉漉的草丛中，瘪塌塌的，毫无生气。蝇群闻风而来，嗡嗡嘤嘤，盘旋其上。蛇挂在钉子上，通体雪白，泛着冷冰冰的光。它依然在不可思议地动。

就在此时，父亲命令我去橱柜里拿一瓶玉米烧酒来。我们都很疑惑，他在这个节骨眼儿上要酒做什么呢？给自己壮胆吗？但谁也没有问。我飞快地取来一瓶玉米烧酒。盛在葡萄糖瓶子里的玉米烧酒，仅剩下小半瓶。父亲每天早晨起来的第一件事，就是站到橱柜前，拧开橡胶瓶塞，仰着脖子咕噜咕噜地灌上两口。

见到舌头上暗藏火焰的酒，父亲取下吉列牌双面刀片，在蛇七寸下方的位置划开一道口子，把两根指头探进去，凭着遥远的记忆掏着什么。做这个动作时，他并没有看蛇，而是眨巴着眼睛，望着电线杆上方。电线杆上方依然什么也没有。或许他是看向一个想象中应该存在的地方吧，而那个地方确实存在。

父亲掏出一颗亮晶晶的东西。

这颗亮晶晶的东西，跟我们在马尾松丛林里常见的琥珀一样透明。父亲用食指和拇指捏着它，把它举过头顶，对着七月午后炫目的阳光，睁大一双属于乡村建筑师的眼睛，仔细而又审慎地鉴别了一番，向我下达了命令酒！

我赶紧拧开橡胶瓶塞，把玉米烧酒递给父亲。他高昂着脖子，把那颗亮晶晶的东西扔进嘴巴，然后灌了一大口玉米烧酒。他汗涔涔的喉咙咕噜咕噜直响，他微微起伏的肚子咕噜咕噜直响。他的身体里吐出了一串珍珠似的气泡。

"爸爸，你吞下的是什么？"我们被他的举动惊得目瞪口呆，好奇地问。

"蛇胆。"父亲不无炫耀地说。

我们终于理解了一些事情。作为一名乡村建筑师，父亲总是在深夜才回到家里。而每次回家，他都要独自穿过比那条大河还要深的黑夜和荒无人烟的森林，路过即使白天也叫人心慌气短的坟场。月亮大的晚上，他连手电筒也不打。

好几回，他在村子附近被鬼迷了心窍，好端端地从大路上拐进了荒凉的墓地，无论怎么走最终发现都是在原地打转。如果不是好心的路人把他叫醒，他恐怕要在迷魂阵里徒劳而无望地走上一整夜。即便如此，他也从未说过一声害怕。

我们想着这些事情的时候，父亲已手持吉列牌双面刀片，像村子里那位手法熟练的屠夫那样，掏出了蛇的内脏，并把它从电线杆上取下，剁掉了脑袋和尾巴。它的尾巴，还在蜷曲，好像还想游进茂密的花草丛中，可是它失去了方向。

我们拿棍子扒拉着那颗瞪着邪恶眼睛的脑袋，被父亲厉声喝止了：

"小心！它还可以猛地从地面跳起来，咬你们一口。"

我们吓得扔掉棍子，好像棍子着了火，但随即又将棍子拾起来，怀着莫名的仇恨之心，敲碎了那颗危险的脑袋。那不再是一颗脑袋。

父亲打来一桶井水，把蛇肉扔进去清洗。刚扔进去时，它像游进了花草丛中那样自由。换水的时候，需要人把它从桶中捞起来，抓在手中。哥哥不敢靠近，妹妹更不敢。我毛着胆子挺身而出。谁叫吃蛇肉的主意，是我最先提出来的呢？

哪里想到，刚把手浸入桶中，我就触到了那股井水般的凉意，来自神秘洞穴的凉意。我深吸一口气，小心翼翼地探出手，然后猛地抓住那段蛇肉。

那段雪白的蛇肉，竟像活着的鱼那样，在我手中大幅度地摆动着看不见的尾巴。与之相伴的，是一股巨大的力，在我手中挣扎，而且还像电流一样，通过我的手指、手掌心、整只手，再通过手臂，把那股凉意导向我身体的每一个角落。

我感觉我快抓不住它了。我想放弃。我不是因为真的抓不住它了而想到放弃，而是因为恐惧。恐惧沿着我的手臂游走，游到了我的嗓子眼儿里。我预感到，我将永远记得这条被剥去了皮肤被掏去了内脏被宰掉头尾的蛇在我手中挣扎的感受。

但事已至此，我必须坚持下来。

我憋红了脸,暗自加了一把劲。我把巨大的恐惧牢牢地抓在手里,不让它溜出手掌心。我的手微微颤抖,手臂微微颤抖,肩膀微微颤抖,胸脯微微颤抖,牙齿也跟着微微颤抖。但我没让他们看出来。

从玉米地里归来的母亲,恰好撞见这一幕。她挂满汗珠的脸,忽地一片煞白,一时忘记了该说点什么,词语咕噜咕噜地在她的舌头上打转。她像一只受到刺激的刺猬,气咻咻地站在原地。我们都知道,她最怕的动物,就是蛇。直到父亲提着一桶井水走来,她的舌头才恢复正常。

"你们在家也不知道做点正经事!"母亲气咻咻地说。但我们都听得出来,她更多的是在指责父亲。

"是他们要吃的——"父亲讪笑着,很没有底气地辩解道。

"不要用锅煮,沾了腥气,十天半月也除不掉。"母亲黑着脸,踏着糊满泥浆的笨重鞋子,噔噔噔地消失于我们的视线。

我们面面相觑一番,然后咧嘴报以同谋者的会心一笑。

晚霞烧尽之时,令人期待的晚餐开始了。我们早早地就围坐在餐桌边,陌生的香味溢出厨房,游进我们的鼻孔。我们都知道那是什么。但是当父亲脚步轻快地从厨房里端出一大盆热气腾腾的蛇肉时,我们却犹豫了。我们不敢伸出筷子,甚至不敢看向那个摆在餐桌中央的铝制盆子。母亲更是拒绝到餐厅来吃晚饭。

"你们快吃啊!"父亲用长柄汤勺搅动着那盆热气腾腾的蛇肉——他忙碌了一整个下午的劳动成果,满脸期待地看着我们。

我们用手和筷子护着碗,吃吃地笑。从盆中腾起的那片水雾,在餐桌上方缠绕成一条蛇的形状,最终消失在天花板的缝隙里。

我们看不清父亲的脸。

他也消失了。

小镇艺术家

十年前,我和一个中年男人在湖南岳阳境内一个无名火车站的圆形广场上,谈起了我们小镇上的一位艺术家。彼时,我们乘坐的绿皮火车忽然停了下来。原本是不会在这个无名小站停靠的,只因广播里临时通知,前方的铁轨出现了故障。按常理,我们只被允许到狭窄的站台上活动活动,比如伸个懒腰、抽一支烟、打个电话什么的,但我们竟然来到了火车站前的圆形广场上。现在,我怎么也回想不起来,我们究竟是如何来到那个广场的。这真是一件不可思议的事情。

更不可思议的是,这个中年男人,我此前从未见过。他戴着一顶皮质的边沿有些磨损的鸭舌帽,瘦长的脖子里围着一条粗大的黑白条纹相间的围巾,一件显得过于肥大的卡其色棉衣把他的整个身体包裹起来,牛仔裤的膝盖处被洗得发白,一双皮靴倒是崭新锃亮,似乎可以清晰地倒映出他鼻子下方蓄着的两撇黄胡须以及架在鼻梁上的一副圆形边框眼镜。两块圆形镜片上布满了可疑的污渍（灰尘，汗液，自身体里升腾而起的雾气，都有可能），仿佛有好几个月没有用镜布擦拭了。那张与脖子一般瘦长的脸，深陷于时间的泥淖和阴影，我费尽气力，也无法将它从泥淖和阴影里拔出。但是我仍然记得他说话时迥异于他人的面部表情以及那双灰色眼睛透过镜片所散发出来的神采。

我们坐在广场右侧一把漆皮脱落的长椅上。椅条上落了厚厚一层灰尘，还有几团已经快钙化成化石的鸟粪。我们先是用手中的一沓报纸（报纸从何而来，我亦没有任何印象）胡乱拍了拍，又弯下腰象征性地用嘴吹了吹，再垫上报纸，这才勉强坐了下去。椅背后边是一棵我叫不上名字的树，叶子依然青翠茂密，但它没有挡住下午三点钟暖意洋洋的太阳。抬头望去，火车站孤零零地矗立在一片空旷之地，而且破败不堪，像是数个世纪之前的建筑。圆形广场上空无一人，直到黄昏降临，寒意从脚下缓缓升起，我也没有见到除我们之外的第三个人。这也有点不符合常理。但是当时我并没有想太多。或许也是有行人出入的，只是我的注意力并没有集中在广场上罢了。但不得不说，这是一个适宜谈天的场所——不像火车上那样，总担心有旁人偷听；更不像沉闷的办公室，说什么都得小心翼翼。

我说不清他究竟算不算得上是一个健谈的人。他有时呱呱呱地说个不停,像一只上了年纪的青蛙;有时又闭口不言,保持着谨慎的沉默,简直像个哑巴。但即使他像一只青蛙那样聒噪不休时,他的表情与语气都是冷峻的,像是沉浸在夏日午后阴影般深邃的往事里。他说的那些话,都像是从往事身上伸出来的冰凉的触须,让人想起更久远的往事。

我们都是在长沙火车站上的车。他从门口挤进车厢的时候,我就注意到了他。毕竟,他的装扮实在是太显眼了,像是一个早已被时代淘汰了的人。我看着他被一股强大的惯性裹挟着往前走,并被一种奇怪的预感攫住:这个人将坐到我身旁那个挨着过道的空座上。果不其然,还没等我从预感中缓过神来,他就一屁股坐到了我旁边。同一时刻,一股浓烈的烟草味儿弥漫开来,我不禁皱了皱眉。坐在我们对面的两个学生模样的女孩,也都皱了皱眉头。他大概没有注意到,把身体略微前倾,左手撑在膝盖上,右手从卡其色的棉衣口袋里摸出一包白沙烟和一个橘黄色打火机。正待他弹出一支烟送进嘴中,准备举起打火机点燃时,乘务员恰逢其时地出现了。后者狠狠地剜了他一眼,他这才停止了点烟的动作,并在犹豫了至少五秒钟之后,把烟从嘴上拿下来,重新塞进烟盒中。

火车徐徐开动。我将先前放在屁股右侧的书拿了出来:奥地利作家弗朗茨·卡夫卡的短篇小说集《饥饿艺术家》,

我看了一个月也没有看完的一本书。我捧在手中心不在焉地翻阅着。说不清是什么原因，那段时间只要一翻书，我就忍不住打呵欠。正因为如此，我注意到他瞄过我两眼。确切地说，是他瞄过我手中的书两眼。但是我将书折叠着，他看不见书名。直到火车快到达这个无名小站的时候，我被一阵深沉的倦意击中，打了一个长长的呵欠，这才将书合起来，放在桌面上。他又瞥了一眼，嘴巴动了一下，嘴唇上方的那两撇黄胡须也跟着动了一下，却什么也没有说。正在此时，广播响了。一时间，车厢里嗡声四起。我们也不禁面面相觑。但遇见了这样的倒霉事，能有什么办法呢？

"我知道这个作家。"正当我调整了一个舒适的坐姿，准备闭上眼睛，以打发眼下不可预测的难熬的时间时，他开口说话了。尽管声音不大，更像是自言自语，但我知道他是在跟我说话。

"卡夫卡吗？"我正了正身子，朝封面上的作者名努了努下巴，懒洋洋地问。

"是的。"他伸出右手，用大拇指和食指扶了扶圆形边框眼镜。

"我们大都知道他的《变形记》，课本上有的。"我双手交叉抱在胸前，有些卖弄地说。

"嗯。"

"看过这本吗?"我依然朝《饥饿艺术家》努了努下巴。

"没有。不过,我也知道一个艺术家的故事。"他慢吞吞地说。

"不妨说来听听。"我都不知道自己为什么会这样说。出于客气,还是好奇?好像都不是。因为此时此刻,我并不想听什么艺术家的故事,只想好好地睡上一觉,尽管这样的愿望在火车上难以达成。

"我们下车抽一支烟吧。"他望了望对面坐着的两个女孩,然后对我说。许是听见了我们简短的谈话,她们正交换着意味深长的眼神。

就这样,我们来到了火车站前边的圆形广场上。而中间的那段经历,比如我们是如何穿过站台上焦躁不安的乘客,如何穿过候车大厅,又是如何征得车站工作人员的同意或是避开他们的耳目而来到圆形广场的,正如我在前边提及的那样,就像是电影中的某个长镜头,被剪辑师"咔嚓"一声给粗暴地剪掉了。这难免让人产生如下错觉:我们从车厢门口的那两三步边沿被磨得像刀刃一样发亮的钢制楼梯上走下来,就径直坐到了圆形广场的那把长椅上,好像我们都会"乾坤挪移大法"。吊诡的是,我们之间的谈话并没有中断,可我分明又注意到,就在我们坐下来的那一刻,他右手食指与中指间夹着的那支白沙烟,只剩下了一个烟屁股。

"那个艺术家，哦，准确地说，是一位音乐家。其实我也不知道这样称呼他是否恰当，因为他的真实身份，只是一位普普通通的小学教师，而且他所供职的学校位于西部一个十分偏僻的小镇上，距离县城有三个小时的车程。但是我又想到，我们判断一个人是否是艺术家，并不能单纯地以他的职业或他的生活环境为依据。不少人一生穷困潦倒，饱尝生活的辛酸，从来没有从事过什么体面的职业，但这并不妨碍他们成为真正的艺术家。您同意我的观点吧？"说完，他将那个积了一小截烟灰的烟屁股抽了一口，左右观望了一番，犹豫不决地将它扔到地面上，然后抬起右脚皮靴的鞋跟，轻轻地碾动了几下，直至烟头熄灭。

我虽然读过一些书籍，甚至一度立志当一名作家，或者用这个中年男人的话说，立志成为一名艺术家，但是在此之前，我从未与人公开谈论过与艺术有关的话题。我总觉得，艺术是不适宜谈论的，它只适宜用心感受。一旦我们开口谈论艺术，它就已经远离了我们。艺术，在本质上只应是一种生活方式，而不是摆在桌子上供人评头论足的某种实物，更不是某种意义上的"供品"。而且像他这样的谈话语气，在我看来未免有些正式了，多少有点别扭。还有，他大可不必用"您"称呼我，他要年长我许多，这是一眼即见的事实。可我还是接过了他的话头。

"我同意您的观点。我们判断一个人是否是艺术家，主要看他骨子里是否具有艺术气质，是否创作出了真正意义上的艺术作品。"我几乎是不假思索地说。

他神色冷峻地望着空旷的圆形广场抑或一个你无法准确定位的虚无之处，右手自棉衣口袋里摸出零售价十元一包的白沙烟，自顾自地点上一支，漫不经心地抽了一口，吐出一个烟圈儿，没有对我的话进行评论，而是继续讲述他的故事：

"那个艺术家，不，还是称他为音乐家吧，这样或许更严谨一点，毕竟他在学校主要从事音乐教学工作。他是那个小镇上唯一的音乐教师。他的身上，就具备你刚才说的那种艺术气质。哦，对了，我觉得加一个'家'字，可能更形象一些，'艺术家的气质'，您说呢？他个子不高，容貌平平，但是常年蓄着一头长发。正是这头长发，让他成为小镇上的一道景观。小镇上的人，从来没有见过蓄长发的男人。所以，人们哪怕只偶尔在街上瞥过一眼，就能记住他独一无二的形象，继而打听并记住他的名字。往后，当人们在谈论他的传奇故事时，许多人就会说：'嗨，你们说的是那个蓄着一头长发的老师的故事吧。'

"那头堪称飘逸的长发确实增添了他的个人魅力，但并没有为他带来好运。校长多次在全体教师大会上警告他，让他务必将长发剪掉。校长不容置疑地说，为人师表，首先要从自己的形象开始'表'起。可是他从来没有听过校长的，依然我行我素，以至于校长看见他，就黑着脸把头转到一边。或许是为了避嫌，几乎所有的同事，都与他保持着某种不可测量的距离。如果不是这样，他应该大有前途。他毕业于正儿八经的师范学校，学历过硬，而且很受学生欢迎。一些时候，我想，学生之所以喜欢他，他的那头长发应该功不可没。当然了，一个小学音乐教师，也没有什么前途可言。即使让你去当校长又能如何？你总不能将学校改头换面，变成一所音乐学校吧？

"尽管如此，他在课堂上仍然充满了激情。面对那些目光清澈的孩子，他就像是一位来自维也纳的音乐指挥家，闭着眼睛铿锵有力地忘我地挥舞着双手——通常是右手，手里不是拿着一根教鞭，就是一支粉笔——好像音乐的旋律在他的双手间流动旋转。他渴望把音乐的种子播撒到孩子们的心里。在那个偏僻而又闭塞的小镇上，居民们通常只知道玉米与土豆、牛羊与鸡鸭，缺乏音乐和音乐知识的启蒙。而众所周知，音乐是世界上唯一不需要翻译的语言。他偏激地认为，生而为人，都应该掌握这门语言，否则就是不及格的。他也写歌词。在灵感突降的晚上，他把自己关进卧室，在日记簿上奋笔疾书，然后通宵不眠地为它们谱上曲子，一个人偷偷地哼唱。譬如那首他从未向外人公开、一直处在修改状态的

《小镇姑娘》,就是他的作品。他最大的心愿,就是把他谱的曲子搬到省城一年一度的新年音乐晚会上演奏,而且由他亲自指挥。"

讲述至此,他果断地(更像是痛苦地)闭上了嘴巴,一味沉默地抽烟。可能是他敏感地觉察到我对这个故事并不感兴趣。确实如此,他平铺直叙的故事毫无吸引力,可以说相当乏味,而且条理也不甚清晰。但也不是没有任何价值。他的讲述,让我隐隐地想起一个人。一个在生活中格格不入的人。这个人的形象,随着他的讲述,正由模糊变得清晰,却又因为讲述的中断而卡在了一个介于模糊与清晰之间的地带,就像是卡在了一场薄雾中。

半小时后,他才重新拾起他的故事。彼时,他将头上的那顶皮质鸭舌帽脱了下来,放在右边的膝盖上。一头被打理得井井有条的灰色长发在下午三点多的阳光下闪闪发光。银质的光。往事的光。"不幸的事情总是发生于我们熟视无睹的日常生活中。就像是有人随意选中了你,然后将那件所谓的'不幸的事情'扔到你的头上,让你承受痛苦和责罚。"他是这样重新开场的。这听起来像是一部伟大的长篇小说的开头。于是,我准备在接下来的时间里,带着对那些历经时间淘洗的经典小说的崇敬之情,洗耳聆听他的故事。

"那个艺术家,不,那个音乐家,有一个美丽的妻子,身材高挑，比他将近高出半个脑袋，算得上是小镇上的一个美人儿。稍显遗憾的是，她没有工作。她像随军家属一样，跟随音乐家在学校里生活。可能是为了打发时间，也可能是为了补贴家用，她每天早晨在厨房里煎两篮子油饼，提到学校的花园边，卖给上早课的学生们。由于她容貌姣好，学生们暗地里称她为'油饼西施'。至于他们为什么会结合在一起，有人说'油饼西施'是音乐家的崇拜者，也有人说只是因为他有一份稳定的工作，不然，以她的条件，断然不会嫁给他。但真正的原因，大约只有他们自己知道。他们有一个活泼可爱的女儿，就在他所任教的学校念书……"

"您说的这位音乐家，是不是姓黄？全名叫黄不遇？"我不可抑制地打断了他的讲述，并兴奋地抓着他的手臂问道。他刚刚讲述的内容，让先前那个被卡在一场薄雾中的人，摆脱了困境。那个人就像从一面模糊的镜子里走了出来，站到了我的面前。我看清楚了他的五官，包括两道浓黑的眉毛，两条深陷于鼻翼两侧的法令纹，乃至鼻翼上并不显眼的雀斑。我有点不敢相信人世间居然存在如此巧合：这个只存在于我记忆中的全名叫黄不遇的音乐教师，与此时正坐在我身侧一脸沉郁的中年男人所讲述的故事的主角，发生了惊人的重叠。

中年男人倒是一脸平静，简直与他那头波澜不惊的灰色长发一样。"您认识他？"他用右手扶了一下圆形眼镜，定定地望了一眼空旷的圆形广场,然后才缓缓转过头来,漫不经心地问我。我第一次清晰地看见了他藏在镜片后边的眼睛。那双深邃的带着些许冷漠的灰色眼睛里,长满了层层叠叠的青苔。事后,待我反复咀嚼这件事的每个细节时,才发现一个令我深感不安的事实:他的反应,就像是他一早就预料到我会有如此一问。

"认识,他给我们上过两年音乐课。如您先前所说,他很受学生欢迎。但更准确的说法是,他的课很受学生欢迎。怎么说呢?尽管他平易近人,但那时经常受个别老师严厉体罚的我们,像老鼠害怕猫一样,在心理上与所有老师保持着距离,因此,我们也不怎么敢与他说话。"我一边在脑海里搜索与黄不遇老师有关的记忆碎片,一边寻找着合适的词语。"如果不是听到您的讲述,我肯定永远也不会再想起他这个人了。一晃多少年过去了啊?他给我们上课的情形,我早已忘得一干二净。不过,他还算是幸运的,因为与他在同一时期给我们上过课的老师,许多人的名字我怎么都记不起来了。"

"时间真是个好东西。它就像一个没有底的瓶子,世界上所有的事情,包括此时此刻正在发生的事情,譬如我们坐在这里谈话的场景,都会毫无例外地涌入瓶内。我们都活在时间里,离开了时间,我们就像离开了水的鱼。创造时间的人,才是真正的造物主。"他坐在下午三点多的阳光下,深吸了一口烟,抬头眯眼望着头顶一望无际的冬日的天空,牛头不对马嘴地说。

"时间也会掩埋真相吗?"我望着不甚明亮的圆形广场,顺着他的话题问。

"也许会吧。"他叹息着说。

"为什么会发生那样的事?"或许是上面这两段看似与故事本身没有关联的对话,引诱我抛出了这个疑问。事实上,这个疑问,在我的心底盘桓了好些个年头。只不过,随着时间的流逝,它已被推到了很远很远的地方,似乎即将沉入深渊。现在,它忽然又从时间的水底像一条鱼那样猛不丁地跃了出来,或者说是被什么东西钩了起来。好像我的嘴巴不受自己控制,是在替别人说话。

尽管我没有说明是什么事情,但这一次,他倒像是受惊一般,迅速地转过那张与脖子同等瘦长的脸来,用那双长满层层叠叠青苔的灰色眼睛长久地难以置信地注视着我。他复杂而又多义的目光就像蚂蚁咬噬一般,让我浑身发痒,很不自在。很显然,他非常清楚我在问什么。

"这件事——得从头说起。"他犹豫了好一阵子,终于挤出了一句话,每个字都吐得特别清晰。

一个遥远的早已被时间之瓶吞噬了的清晨,缓缓出现在我眼前的圆形广场上,却又与圆形广场毫不相干——它像梦一样飘浮在圆形广场的上方:课间休息时间,站在走廊上的我们不约而同地被眼前的一幕吸引。教工宿舍楼下,音乐家黄不遇老师扑通一声跪在他身材高挑的妻子面前。他用双手拉着他妻子的左手,蓄着长发的脑袋也抵在他妻子的那只手上。他的妻子冷冰冰地看着他,甩手给他三个响亮的耳光,然后冷漠地抽出左手,头也不回地离开了,留下他一个人跪在那里痛哭流涕。我们准备看个究竟,不料上课铃声不合时宜地响了。

"那一年,他为什么会当众给他的妻子下跪?"我觉得我抓住了某些本质性的东西,不等他开口,便急忙抛出了一个问题。

"他们的生活出现了无法修补的裂痕。"他吸了一口烟,停顿了一会儿,才继续说,"音乐家在学校不受校长待见,与同事关系不睦,回家后与妻子也没有多少共同语言,郁郁寡欢,患上了轻度的抑郁症。还好他在小镇上有几个朋友。这几个朋友,有写小说的,有写诗歌的……他们不定期在某个江边餐馆聚会,喝一顿闷酒,然后各自归家。他们一起创办过一份油印刊物,在上边发表他们自己创作的文学作品和音乐作品。"

"是朋友们引起的吗?"我问。

"算是吧。但真正原因并不是这个。"他说。

"愿闻其详。"我说。

"有一年,小镇上忽然冒出了一个新鲜事物:一家歌舞厅在震耳欲聋的鞭炮声中开业迎宾了。几乎是一夜之间,有关两三位漂亮舞女的传说就已传遍整个小镇。如果没有这家歌舞厅,音乐家的生活就不会出现变故。一个周末的晚上,经业余小说家提议,音乐家一行五人带着见识世面的隐秘而又兴奋的念头惴惴不安地迈进了歌舞厅的大门。之前,他们虽然都有些蠢蠢欲动,但一直拿不定主意,最终是业余小说家说服了他们。业余小说家宣称,徘徊在我们内心的胆怯,会阻止我们认识世界的脚步。然而,灯光闪烁迷离的歌舞厅,让他们这几个乡巴佬拘谨得就像被抓住的小偷。当一个比画片上还要好看的舞女袅袅婷婷地从灯光中向他们走来时,音乐家顿时呆立在原地,似乎有一股带着火花的电流把他击中。这便是故事的开端。"他又摸出一支烟点上。

"出现了第三者是吧?"

"如果只是纯粹的第三者,那么这个故事就堪称恶俗。据艺术家,不,据音乐家在日记中吐露,就在他见到这个舞女的一刹那,一个沉睡多年的梦境复苏了。他曾在二十岁时梦到过这个场景,梦到过这个舞女。正因为这个梦,他一直都以为,他的初恋是在梦境中完成的。更不可思议的是,那舞女也声称,曾经梦见过站在门口、一时不知所措的音乐家。于是,两个相见恨晚的人,很快就陷入了一段比河流上的漩涡还要危险的恋情……"

"事情是因为日记暴露的吗?"我打断他的讲述。

"不,因为一起不曾公开的打架事件。一天晚上,音乐家借故去小说家那里拿一本书而离开家去了歌舞厅,但舞女正在工作。众所周知,舞女的工作就是陪客人跳舞。音乐家坐在角落里喝着闷酒,醉眼蒙眬地看着在小镇上开了一家照相馆的摄影师色眯眯地搂着舞女在舞厅跳舞。但跳着跳着,音乐家就注意到摄影师的左手,像蛇一样在舞女的腰部出没,几乎将舞女整个人都搂到了怀中。音乐家狠狠地灌了一口酒。就在摄影师的手伸向舞女丰满臀部的那一刻,音乐家提着酒瓶冲了上去,一把推开了摄影师。摄影师人高马大,而且平日里就十分蛮横。他当即就伸出粗壮的右手,气咻咻地指着音乐家的鼻子,用最粗俗的语言羞辱音乐家,让音乐家赶紧滚蛋。可还没等摄影师把话说完,只听得一声闷响,一股鲜血就从他的额头上冒了出来……虽然当晚没有人报案,但您知道的,小镇就那么大,从东走到西,也就一刻钟的工夫,纸终究包不住火。"

"我明白了,摄影师第二天就找上门来了。我们都是见证者。头上缠着白色纱布的摄影师,像拎着一只待宰的小鸡那样,拽着黄不遇老师那头极具艺术家气质的长发,将他从宿舍门口拎到了空旷的操场上,一顿好打。即使黄不遇老师的妻子在一旁苦苦哀求也无济于事。直到行伍出身的副校长出面,摄影师才骂骂咧咧地住手。我们那时都替黄不遇老师鸣不平。他那天的表现,实在太窝囊了。"

"音乐家的妻子就是通过这件事知晓了整个事件的来龙去脉。您刚刚在前边提到的那个下跪事件,正是音乐家的妻子向他摊牌的日子。"

"他们离婚了吗?"

"音乐家的妻子坚持要离婚,但他一直没有在离婚协议书上签字。他信誓旦旦地对他的妻子说,他和那个舞女纯属柏拉图式的恋爱,并没有发生实质性的关系。可他的妻子并不知道什么柏拉图,更不知道柏拉图式的恋爱是什么东西,一怒之下离家出走了。此后,女儿天天哭喊着要妈妈,要他把妈妈赔给她。他这才意识到自己的自私,并反思自己的行为。他多次到岳父岳母家登门拜访,试图获得妻子的原谅,但都吃了闭门羹。岳父更是放下狠话,说如果不是看在外孙女的分儿上,定会打断他的狗腿。而舞女受此一惊,知道不能再在小镇上立足,便择日搭车去了省城。"

"我知道他那段时间经常买醉。他往往深夜才带着一身酒气从那条尘土飞扬的街上跌跌撞撞地回来。而那时学校的大门早已关闭。他不得不在黑暗中一边猛拍挂着一把铁锁的大门，一边像个疯子一样声嘶力竭地呼喊着门卫的名字。还好他的母亲到学校来帮忙照看孩子了。那个老妇人，每天低垂着头。"

"那段日子对音乐家来说确实难熬。同事们都知道了他与舞女的故事，也都观看了他当众被人暴打以及给妻子下跪的笑话，都在背后对他指指点点。校长更是斥责他不配继续任教，扬言要开除他的教职。他原本在学校就被边缘化了，现在更是孤立无援，精神几近崩溃。于是，借酒浇愁，便成了没有选择的选择。不过，话说回来，他糟糕的处境实属罪有应得，种下什么样的因，结下什么样的果。"

"据说他向学校告了一段时间的假。音乐课暂时由另外一位老师代上。可那位平日里只教数学的女老师实在不堪重负，而学校又不能将音乐课取缔——虽然平日里谁都没有把音乐课当回事。他们认为这样的课程是可有可无的。"

"如您所说，音乐家在两个月之后重新回到了讲台。他舍不得孩子们。他的女儿也需要一位精神正常的父亲，况且他们一家人都需要吃饭。"

"但他似乎并没有从阴影中走出来，不仅变得更加沉默寡言，而且不修边幅，直至他妻子的身影重新出现在学校里。"

"是的，音乐家的妻子回来了。"

"她原谅了音乐家?"我也不由自主地这样称呼起了黄不遇老师。

"或许都是为了女儿。"他说。

"那为什么会发生那样的事?"我再次将话题绕到先前的问题上。

"这是谁也不想见到的局面,但事情已然发生了。"他吸了一口烟,目光落到圆形广场上方一个无法定义的地方,以一种几近痛苦的语气说。可能是那件陈年往事感染了他,也可能只是烟叶苦涩的味道正包裹着他的舌头。

"许多人猜测,是音乐家下此毒手。"我说。

"或许是吧。他们的猜测不无道理。他是最在嫌疑人。除开他,再也没有其他人有作案的动机。"

"但又据说,警察在他们的卧室发现了一封遗书。这大约也是他最终没有被警察带走的原因。"

他想说点什么,却又闭上了嘴巴。他痛苦的神情就像沉浸在遥远的往事里不能自拔。

"他的妻子究竟是自杀,还是他杀?如果是自杀,她为什么要选择那样一种极端的方式结束自己的生命?如果是他杀,是不是蓄谋已久?"我有些不甘心地问。他既然知道那么多关于音乐家的事情,我没有理由不把他当成知情人。

"许多事情是没有答案的。或者说,是没有真相的。您可以说是自杀，也可以说是他杀。"他望着阳光照耀下灰蒙蒙的洞庭湖平原说。

"好吧。他现在生活得怎么样？"既然如此，我不得不转换话题。

"他最终离开了小镇。"他说。

"他离开小镇了？自从我们家在十五年前搬离小镇后，我就对小镇上的事情一无所知了。"我不无遗憾地说。

"这件事也得从头说起。"他重新点上一支烟，深吸了一口，继续说，"自从他妻子在卧室……之后，同事以及所有听说过他故事的人，都把他当成了杀人犯，而且还是那种杀了人，精心伪造犯罪现场以逃脱罪责的杀人犯。大家见到他，都侧目绕道而行，就像见到了一个杀人恶魔。您对此应该还有一些印象吧。"

"那一年，这个事件传遍了小镇，就连生活在异常偏远的村子里的农民，都在谈论这件事情。他们将道听途说来的故事，添油加醋，几乎传成了另外一个故事。但我那时年少，我更关注事件本身和真相，而没有留意其他人的态度。"

"音乐家不再与外界来往，包括那几个写小说和写诗的朋友。除了上课、照顾女儿，其他时间，他都把自己关在卧室里，夜以继日地写歌词，然后为歌词谱上曲子。偶尔，黄昏时分或是周末，住在他家隔壁的老师，会听见一个沧桑的男高音在练声。但那个声音特别小,据他们在私底下讨论说,像是从黑暗的岩石中,不,从一个遥远的地方传来。不过,他们也认为那只是幻觉。"他说。

"不仅是周围的同事用一个无形的监狱把他关押了起来,他自己也造出了一座牢笼。是这样的吧?"我说。

"差不多。"

"然后呢?"

"音乐家渐渐长大的女儿,读高中的时候吧,不知道从哪里听说了父亲早年的风流韵事,从此再也不曾叫过他一声父亲。"

"这才是他离开小镇的真正原因吧?"

"不,这件事虽然使他痛苦,但还不足以将他逼上绝路。"

"发生了更严重的事?"

"那一年,为了庆祝小镇建镇三十周年,小镇上的热心人士组织了一台新年音乐晚会。表演者都是小镇上的居民。晚会的核心节目,也就是压轴节目,组织者的设想是演奏一支具有当地民族特色的曲子。至于音乐指挥的人选,组织者犹豫再三,最终才定下由音乐家出任。事实上,在小镇上,除音乐家之外,再无第二个能担此重任的候选人。而那首压轴的曲子,也由音乐家选定。"

"他答应出山了?"

"他毫不犹豫地拒绝了请求。但组织者三顾茅庐,最终说服了他。我不是说过吗?他最大的心愿,就是把自己的作品搬上省城一年一度的新年音乐晚会,而且由他亲自指挥。但这个愿望怕是难以实现了。"

我一时语塞,忘记了盘旋在脑海里的问题。

"这是小镇上有史以来举办的第一个新年音乐晚会,各方面都很重视。音乐家也不例外。他去了理发店,把自己好好收拾了一番,而且在晚会当天,穿上了一套谁也没有见识过的燕尾服。也不知道他从哪里弄来的。"他继续说。

"穿得特别隆重。"我说。

"是的,特别隆重。大半个小镇的人都来到了晚会现场。穿着白衬衣燕尾服的音乐家和合唱团成员登台亮相的时候,观众席上仅仅响起了零星的掌声。但是当他转过身预备指挥时,台下骤然沸腾。他没有时间分析原委,只是以为他们把注意力转移到了另外一件好笑的事情上。他们总是这样。"

"台下发生什么事了?"我再次打断他的讲述。

"背对观众站着的他,决定背水一战。他站在舞台最显眼的那个位置,尽其平生所学,忘情地挥舞着手中的银色指挥棒,任音乐的旋律在他的双手间旋转。"他似乎没有被我的话打扰。

"演奏的曲目是?"

"正是他反复修改的那首《小镇姑娘》。明眼人一听，就知道是纪念他妻子的。"

"效果应该不错吧。"

"演出结束时，观众席爆出一片疯狂的尖叫声与口哨声。他握着指挥棒的那只右手有点颤抖，眼中噙满泪花。但当他转过身代表合唱团向观众鞠躬时，台下忽然变得比深夜空旷的大街还要寂静。每个人都用一种奇怪的眼神远远地望着他，就像望着一个小丑。他这才意识到有些不对劲。"

"出什么事了？"

"到了更衣室，他才明白发生了什么。原来，有人在他的燕尾服背后贴上了一张用毛笔写就的纸条'我是音乐家'。"

"导演这出恶作剧的始作俑者挺过分的。"

"据人们回忆，当天晚上，他们在睡梦中听见了一声压抑的嘶吼。第二天，也就是阳历新年的第一天，音乐家失踪了，再也没有人见过他。有人说他去了南方，也有人说他去了上海，更有人异想天开地说他去了威尼斯或维也纳，但均无从考证。他好像从人间消失了。"

我和中年男人一样，陷入了长时间的沉默。他一支接一支地抽烟，蓝色烟雾在他头顶盘旋。我望着空旷的圆形广场，想象着音乐家在外省或外国的遭遇。但没过多久，先前的倦意像潮水一样再一次从身体深处袭来。

虽然那时已近黄昏,我却迷迷糊糊地睡着了,而且做了一个长长的梦。我梦见一个头戴皮质鸭舌帽、脖子里围着一条粗大的黑白条纹相间的围巾的中年男人,正从火车车厢狭窄的门口挤进来。我预感到他即将坐到我身旁的空座上……直到有丝丝寒意从脚下往上冒时,我才睁开了疲惫的眼睛。

我习惯性地朝右侧望去。我想知道那个中年男人正在做什么。抽烟,还是跟我一样睡着了?但令我吃惊的是,我并不是坐在那个空旷的圆形广场的长椅上,而是坐在绿皮火车车厢里的硬座上。坐在我身旁的,也不是那个中年男人,而是一个风韵犹存的正在嗑五香瓜子的中年妇女。

"那个中年男人呢?"我一边抬眼前后左右寻找,一边按捺着许多疑团,指着中年妇女的座位,茫然地问。

"什么中年男人?我从长沙站开始,就坐在这个座位上了。"中年妇女很不高兴地回答,脸上也是一片茫然。

我忽然想起了什么,立即朝堆满零食和矿泉水的桌面望去。

弗朗茨·卡夫卡的短篇小说集《饥饿艺术家》躺在角落里。封面上多了好些个瓜子壳。其中一个瓜子壳,恰好落在卡夫卡先生的名字上。

我所认识的巨翅老人 |

一

因为出版了几本小说集，我竟在那个消息闭塞的小镇上赢得了一点薄名。这是我始料未及的。琐碎的日常事务已够让他们劳心费神的了，何况我总是羞于向别人提及我作为小说作者的身份。我不是专职作家，只是供职于南方一家与父亲年龄相仿的老牌文学杂志社，从事文学编辑工作。但有趣的是，小镇上的人都以为我混迹于某报社。或许正因如此，每逢我回到小镇上，总有那么一两个邻居，客客气气地来我们家拜访，向我倾诉一些与他们的生活息息相关而他们自己又无力解决的问题，并委婉地提出：希望我能给他们提供一些帮助，譬如就事关他们尊严或生活的问题写一两篇新闻报道。当然，也有主动给我讲述富有传奇色彩的家族史和小镇秘闻的，希望我能把我们这个没落大家族的辉煌历史付诸文字,最好是写一部长篇小说,以被后世子孙铭记。不过也有例外。

三年前的冬天,我回到小镇上参加堂妹的婚礼。彼时,婚礼尚未开始,而室外忽又簌簌落起了大朵大朵的雪花,我便随意坐到了厢房里一盆烧得正旺的炭火前,向在座的五六个客人礼节性地点了点头之后,就嗑起了瓜子,嘴里咯嘣咯嘣直响。忽然有人挑起了话头。那是一个中年男人,双手裂着一道道细小的口子,嘴唇也异常干燥,凌乱的发间隐约可见斑驳头屑,而且有几根唇髭居然是酒红色的。此人我看着好生面熟,然而搜肠刮肚也未能检索到他究竟是谁。又不好意思请教他的尊姓大名,以免产生不必要的隔阂。他以一种略带戏谑的口吻,对我说:"据说你出版了好几本书,很有一些名气,给我们讲一两个故事吧。"说罢,他将一支黄鹤楼牌香烟长久地咬在像干鱼一样发灰的嘴里,随着嘴唇的咬合,烟头的微火一闪一灭,缕缕烟雾自他嘴角鱼泡般冒出。我望了望他,又望了望在座之人,没好意思推辞。他们都以一种看似期待的眼神看着我。我明白其中的要害。

最初,我准备给他们讲述自己刚刚在上海的一家文学刊物发表的一篇短篇小说,但随即就将这个念头打消了。那篇小说并没有讲述一个完整的故事,推动叙事的,不是故事情节,而是情绪,与他们想听的那种故事必然大相径庭,我也未必能讲清楚。犹豫之际,哥伦比亚作家加西亚·马尔克斯在晚年面向镜头和蔼微笑的画面,忽然从我的脑海里冒了出来。同时冒出来的,还有他的短篇小说《巨翅老人》。老马出现得真是时候,不枉我喜欢他一场。于是,我正襟危坐,开始绘声绘色地给他们讲述巨翅老人的故事。当然啦,我没有提及作者马尔克斯,也没有说这个故事发生在拉丁美洲加勒比海地区。他们对这些小说之外的知识肯定都不感兴趣。我也没有提及那对夫妇的名字——佩拉约和埃莉森达,还有神父的名字——贡萨加。实在是太拗口了。我在讲述之时,仿照记忆中祖辈们讲故事的口吻,把这个故事不动声色地中国化了。我对自己讲述故事的能力尚且有一些自信。果不其然,在座之人就像听《聊斋》和《水浒》那样,听得津津有味,除了一个秃头老人。

我捕捉到了他神情的变化。事实上,自从我张开嘴巴讲出故事的第一句——"许多年以前,有个长着一对巨大翅膀的老人,在一个雨天扑通一声从天上坠落到了一户海边人家院子里的烂泥中"时,这个坐在我斜对面的秃头老人就流露出了与他人不一样的神色。只见百无聊赖的他就像被什么东西从梦中唤醒一样,徐徐睁大双眼,挺了挺佝偻着的脊背,用一种难以置信的陌生眼光打量着我。刚开始,我以为他只是单纯地被巨翅老人的落难经历所触动,并未特别留意,但是当我讲到当天晚上巨翅老人被关进臭烘烘的围着铁丝网的鸡窝时，我注意到他发紫的双手忽然紧紧地抓住了布满褶皱的裤管，仿佛这还不够，他简直要把手指抓进肉里去似的，道道青筋像蚯蚓一样从皮肉松弛的手背上拱出来。他笔直而僵硬地坐在椅子上，枯焦的嘴唇与两腮都微微颤抖着。他苍老而浑浊的目光直直地盯着我的嘴唇，而不是我的眼睛。

我感觉他有话要迫不及待地说——他甚至尝试着动了动嘴巴，牙齿所剩无几的嘴巴，但我没有给他机会。我知道老人的话匣子一旦打开，就会变得无休无止。我一边继续讲述故事，一边在脑海里努力地搜索着对这个秃头老人的记忆。

我还真的想起了一个人。

二

十二岁时，我忽然狂热地迷恋上了轻功。为了练就一身飞檐走壁的本领，我按照母亲口授的秘诀，先在村子中夹的圆形广场上按照一定的距离和形状摆放了七十二块青砖，然后只用脚尖点地，在砖面上练习奔跑。过了一个月，采用新的方法，在左右两只小腿上各绑一个沙袋，每天清晨围着圆形广场跑步。两个月后，又改为将双手倒背于身后，左手抓着右手的手腕，蹲着马步像青蛙一样往台阶上跳九十九次（由于村子里没有那么长的台阶，不得不在广场一侧的五步台阶上循环跳跃），小腿上同样绑着沙袋……如此练习了十八种方法之后，尽管弹跳力有所提高，但依然无法飞起来。我对母亲的秘诀产生了怀疑，一并对外祖父会飞的传说也产生了质疑。那准是母亲为了提高已离世二十余年的外祖父在我心目中的声望和地位，故意编撰的故事。

正在此时，父亲悄悄地告诉我，他认识村子里一个会飞的人。

六月一个礼拜天的中午，趁母亲与两位婶婶结伴到镇上赶集的空隙，父亲带我去拜访了这个人。那是一个远离村子的院落。三间颜色发黑的旧式木房和一间厢房孤零零地坐落于一座无名山冈的脚下。那间厢房倒像是新盖的，木头还没有变色，只是看起来有些怪异。至于如何怪异，我一时又说不清楚。我和父亲走进他家的院子时，他正仰面躺卧在一把放置于树荫下的竹制躺椅上，歪着宽阔的脑袋打盹儿，嘴巴微张，呼噜声起伏。他怀里抱着一只上了年纪的灰猫，但双手松弛，随时都有可能从猫背上掉下来。院子东侧植有一排比我高出许多的木槿树。紫色的木槿花，在新绿色的枝条上一朵一朵开得正紧。是我们的脚步声惊动了他怀里的猫。猫骨碌一下跳下他像小丘一样隆起的肚腹，皱着眉头不满地审视了我们一眼，然后像影子一样消失于木槿树后茂密的草丛中。他跟着醒来了，像是从一个漫长的梦中醒来。他微眯着惺忪的睡眼，咂巴着嘴，左右探视了一番，才发现我和父亲正向他走近。他从躺椅上缓缓坐起，打了一个长长的呵欠，同时举起双手伸了一个长长的懒腰。他与父亲打了一个招呼——"我正做梦呢！是什么风把你吹来了？"与我也象征性地打了一个招呼，然后踏着梦游者的步伐，迈进光线幽暗的房间，拎出两把木椅。木椅上布满了灰尘，薄薄的一层。他从屋檐下找来一条颜色发黑的旧毛巾，噗噗噗地拍打了一番，又弯下腰张开嘴吹了吹——他做这一连串动作时，活像一只鸭嘴兽。

那是大陆西部一年之中最好的季节，万物都在蓬蓬勃勃地生长，满眼都是亮汪汪的绿色，空气中弥漫着潮湿温软而又略微含有一点甜酒味的气息。那气息，无边无际，像一张巨大的网，网住了我们的鼻子和肺腑。我们都舍不得钻到发霉的房间里去。那三间木房确实已经很老了，看起来比祖父收藏的一件不知产自何朝的青铜毛笔架还要古老，台阶的缝隙中爬出了毛茸茸的苔藓。

正式落座之后，按照父亲的吩咐，我叫了他一声"爷爷"。事实上，我叫得有些别扭。我在心中嘀咕，我既然已经有了一位祖父，为什么忽然又冒出来一位？即使父亲在途中向我反复解释，这个人是祖父的远房堂弟，我依然不能理解。我认为祖父只能有一位。这与只能有一位父亲是一个道理。如果父亲一早说,叫这个人堂祖父吧,我肯定乐意接受。不过,这个人倒是笑眯眯地答应了,并露出了一口黑色的牙齿。那八成是常年抽旱烟的结果。果然不出所料,主客寒暄之时,他把右手伸进鼓鼓囊囊的裤兜,掏出一个装有乌黑烟丝的透明口袋,打开封口,用食指和中指扒拉出一撮儿烟丝,递给父亲,自己也扒拉出一些。他们各自熟门熟路地卷上一支,划一根火柴点燃,用暗力吧嗒吧嗒地吸上几口,黑黝黝的嘴唇里便像魔术师一样吐出缕缕浓烈的烟雾。他夹着烟卷的手,与父亲的一样,粗糙如磨刀石。

我嫌烟雾呛人,便按捺住内心的好奇与疑惑,远离他们,来到那排木槿树前,把硕大的紫色花朵掰到鼻子前深深地闻上几口。感觉有一点飘忽,就像闻久了烟雾那样醉人。我的鼻尖上沾满了亮黄色的花粉。我偷偷地打量他:五十岁上下的年纪,比父亲要年长好几岁;宽阔的脑袋上光秃秃的,只有耳朵两侧和脖颈处长着一圈呈现出波浪形状的短发;不仅身材臃肿,而且神色慵懒,目光也有些涣散,看起来非常孤独。我难以把他的形象与父亲给我讲述的故事联系在一起。如果不是父亲说眼前的这个其貌不扬的人会飞,我是断然不会陪他走那么遥远的山路,来到这个陌生院子的。父亲说,多年以前,你的这位祖父凭借一把雨伞,在一个大雨将至的黄昏,忽然从江边的集市上腾空而起,飞到了一个陌生村子的上空,最终落到了一株泡桐树巨大的树冠上。许多人都见证过那个堪称奇迹的时刻。我向父亲打听故事的细节,他却支支吾吾语焉不详。他不是一个擅长讲故事的人。

他们坐在树荫下,吐着缕缕烟雾,好像聊起了与木工活儿相关的话题,偶尔也会彼此沉默,只顾抽烟。据父亲说,我的这位堂祖父是一位手艺精湛的木匠,以前谁家嫁女儿,都是请他去做嫁妆。但是最近一年来,他忽然拒绝接受任何邀请,谁也不知道是什么原因。父亲呢,凭着他的聪慧,在青年时代自学了一身木匠手艺,而且置办了一套工具。但毕竟是自学,在工作中难免会遭遇一些棘手问题。这时,他就需要向行家请教。这个礼拜天的中午,他正是带着几个疑问而来。但也说不准,谁知道他们还聊了一些什么呢?他们有时似乎故意压低了声音,鬼鬼祟祟地耳语着什么。而且看得出来,他并不是第一次来到这个院子。我三番五次地想跑过去打断他们的谈话或是无言的沉默,最终却又十分奇怪地抑制住了内心的冲动。毕竟他对我而言,还是一个陌生人。而父亲,似乎也忘记了带我来拜访他的初衷,把我像衣服一样晾在了一边。在村子里,孩子们的待遇向来如此。

那只先前消失于草丛中的灰猫,被一只五彩斑斓的蝴蝶引到了我的面前。我一点点地取得了它的信任,打消了它对陌生人的疑虑。在我的抚摸下,它柔软的肚腹像波浪一样起伏不已。它打起了湿漉漉的呼噜。可他们漫长的谈话仍未结束,烟雾从他们各自的嘴巴里缭绕而出,而后盘旋于他们头顶上。直到太阳西斜之时,父亲才从木椅上起身,并招手让我过去。那时,堂祖父也从躺椅上站了起来。他又伸了一个长长的懒腰,肥胖的肚腹格外突出。他的体重至少有两百斤吧。这么重的人,怎么会飞呢?我边走边想。我走到他们面前,那个许多天来一直徘徊在我心中的疑问,终于不受控制地脱口而出:"您真的会飞吗?"他涣散的眼神里忽然闪过一道奇异的光芒。他微笑着回答了我:"当然会飞。刚刚午睡时,我还梦见自己在飞呢。"说完,他伸出双臂,模仿鸟类的翅膀,上下扇动起来。那副笨拙的样子,简直滑稽之极。这么笨拙的人,怎么可能会飞呢?

回家的路上,我闷闷不乐。父亲找我说话,我也懒得理会。

三天后,我在无意间泄露了这次秘密行踪。正在做午饭的母亲,把正好路过厨房的父亲好好地训斥了一番:"你怎么能带他去见那种人呢?以后也跟着不学好,说话做事都不着调怎么办?我看你跟人家就是同一路人,不然怎么会有事无事地往他家里跑呢?"父亲被这突如其来的训斥惊得有些不知所措,像木鸡一样呆立在原地,嗫嚅着,脸上红一阵紫一阵的,没有说出一句话来。只不过,在他终于明白发生了什么事情之后,他投向我的眼神,不仅没有责怪的意味,反而更像是同谋者在传递暗语。我本没有打算这么快就原谅他的，但看在他因我不小心走漏风声而挨训的分儿上，决定不再与他计较。

"那个人真的会飞吗？"等母亲脸上的怒气像潮水一样缓缓消退以后，我有点不甘心地问。其实，我原本要问的话是，"堂祖父真的会飞吗"。但联想到她刚才的态度，便临时改变了对他的称呼。"当然会飞。怎么不会飞呢？还飞到外国去了呢！而且在那里生活了好多年。最后又飞回来了！你相不相信？"母亲无名的怒火又噌噌噌地蹿上来了。她面红耳赤的脸在变形，握着不锈钢锅铲的手臂也在变形。我意识到她已经准备了许许多多这样的话，就等我再次开口。我赶紧闭上了嘴巴。父亲再次朝我投来同谋者的眼神，嘴角还露出了一抹狡黠的笑容。母亲用威严的余光扫了他一眼，他立即收回笑容，装出一副噤若寒蝉的样子。

三

旋律欢快的唢呐声由远及近。一时间，锣鼓喧天，鞭炮齐鸣，德高望重的知客司仪与跑堂的俏皮后生隔着人群一唱一和。宾客们都高昂着好奇的脑袋朝搭着简易棚的院子里涌去。新郎和迎亲的队伍到了。我也准备去瞧热闹。可就在我起身离座的那个瞬间,一只颤巍巍的手臂从那个秃头老人湿润的眼睛里伸了出来。彼时,我刚刚讲述完马尔克斯的《巨翅老人》,那几位面熟的客人惊叹不已,这位秃头老人的表现更是令人难以置信。他浑浊的眼中噙满了泪花,爬满巨型蚯蚓的双手与深陷回忆中的腮帮颤抖不已。他就像是被什么不可思议的事情击中了一般,坐在那里向我展示着他异常复杂的情绪。我像十二岁的那个夏日午后那样,按捺住内心的好奇与疑惑,重新坐回椅子,细细地打量起眼前的这位老人来。

回忆与现实渐渐重叠在一起。果然是他。但是,当我从秃头老人沧桑的面目中依稀辨认出二十年前堂祖父的轮廓时,还是大吃一惊。时间的力量,真是大得吓人。他眼中的我,与当年的那个孩子肯定也判若两人。而且,他极有可能没有认出我——这是十分常见的事情,时间让一切都变得模糊。

"您是堂祖父?"我仍然有些不敢确信。

他并没有回答我,只是异常激动地接连点了三下头,扑簌的泪花眼看着就要溢出眼眶。他爬满巨型蚯蚓的双手依然颤抖着,甚至比先前颤抖得更厉害了。我无法知道他的内心正经历什么煎熬。

"真没想到,我们二十年没有见面了。其间我们或许也见过面,可奇怪的是,我对您的全部记忆,都停留在二十年前我和父亲拜访您的那个夏日午后。您那所绽放着木槿花的院子，还有那只上了年纪的灰猫，我至今依然记忆犹新。"我兴冲冲地与他寒暄。我期待他顺着我的话题说点什么。譬如我们此后是否见过面，他是否去过我们家，等等。

"你刚刚讲的故事是从什么地方听说的？"他好像对我的那番说辞置若罔闻，而是把那张迥异于二十年前的脸往前凑了凑，有点迫不及待地问。

"是读到的。那是一篇小说。"尽管对他如此跳跃的思维有一点惊讶，但我还是如实进行了回答。这大约是老人们的通病，说话没有什么逻辑。

"是你写的？"他试探性地问。

"不不，不是我写的。"我赶紧摆手解释。

"谁写的？"他又把那张被时间雕刻过的脸往前凑了凑，以至于眼角和灰褐色眼睑下方的条条褶皱看起来分外清晰，像极了蜥蜴的皮肤。

"一个外国作家。"我略作停顿，如此回答。

"他叫什么？"他瞪大双眼，紧接着追问，一副急于知道答案的模样。

"马尔克斯。"我终于报出了作者的大名，但仍然省去了"加西亚"三个字。我觉得与他讨论作家这样的问题无异于对牛弹琴。

"马——尔——克——斯?"他歪着头逐字将这个哥伦比亚作家的名字重复了一遍,吐字当然不甚清晰,发音就像外国人读中文那样显得滑稽可笑。

"嗯。"我点了点头,却不知道他打听这个有什么用意。

"他怎么知道这个梦?"这下,他把凑近我的脸和脖子缓缓缩了回去,换上一副难以置信的神情,近乎自言自语地说。

"什么梦?"我听得一头雾水。

"他是哪个国家的人?"他抬起头,又问了一个问题。

"哥伦比亚。一个离中国十分遥远的国家。在地球的另一端呢。"我耐心地解释。

"他怎么会知道这个梦?"他再一次近乎喃喃自语地说,并沉浸于某种看似不可能的思索之中。

"什么梦?"我又问。

"唔……"他从思索之中抬起头来,茫然地望了我一眼,接着说道,"我不知该怎样向你说这件事。事实上,就在你刚刚讲故事的时候,我就不止一次地试图打断你的讲述,以便向你求证某些疑问,但始终没有张开嘴。简直太不可思议了。世界上竟然会出现这样的事情。"

"到底怎么回事?"这回轮到我将脸凑向他了。他的脸上涌动着好几种颜色的雾。灰色的,黄色的,乳白色的,甚至还有蓝色的。它们彼此纠缠在一起,变幻着形状,让他的脸看起来有点不真实。

"你刚刚讲述的故事,是我亲身经历的事情。"他就像终于做出了一个重要决定似的,如释重负地说。他的双手和下巴重新颤抖起来。

"什么?是您经历过的事情?"我简直不敢相信自己的耳朵。

"千真万确。"他将激动的情绪略微控制了一下,言之凿凿地说。

"您能说得更明白一些吗?"疑问装满了我的脑袋和腹部。

"我二十岁时,做了一个梦。梦见了你刚刚所讲述的故事。"他将浑浊的目光投向天花板上一个并不能确定的地方。他所说出的话,好像就出自那里。

我一时竟不知道要说点什么。我吃惊于他的说法。马尔克斯在小说中描述的故事,竟然被我的堂祖父,一个年逾古稀的中国老人在二十岁时梦见过。如果他所说属实,这一切该怎么解释?可我立即又想到一个问题,梦境又该怎么证伪?他是不是以前在什么地方听说过这个故事,只是随着时间的流逝而将记忆与梦境混为一谈?但是在村子里,抑或整个小镇上,读过马尔克斯《巨翅老人》这篇小说的,应该寥寥无几吧？况且在他二十岁时，马尔克斯还不为国人所知呢。

"二十岁那年的一个夏夜，我梦见自己在空中飞行。我的双肩上生出了一对巨大的翅膀，鸟类的翅膀，跟天生就有的一样，没有任何不适，也没有引起我的任何怀疑。也不知飞行了多长时间，可能是十天，也有可能是一个月，忽然被一阵来自胃部的剧痛所袭击，也有可能是被乌云中一道可怕的闪电击中，我眼前一黑，紧接着就像噩梦中经常发生的事情那样，往无尽的深渊里坠去。等我意识苏醒时，才发现我的处境有多艰难：我的脑袋和身体倒栽在一片冰冷的散发着腐臭味的烂泥中，周围漆黑一片，什么也看不见，被疼痛折磨得近乎麻木的翅膀上正落着粗硬粗硬的大雨点。我尝试着从烂泥中爬起来，可那对巨大的翅膀在这个时刻却变成了巨大的负担，它们像树木的根须一样深陷于烂泥中，加上我又冷又饿，没有一丝力气，因此始终没有成功，直至第二天中午，被一个长相怪异的年轻男人发现。他刚刚扔掉了一堆死螃蟹……"他依然望着天花板上那个无法确定的地方，既像是对我沉默的回应，又像是对我满腹疑问的回答，竟一下子说出了这么多话。

"时隔这么多年，您怎么还记得这么清晰？"我被他讲述的内容和与其身份不符的语言表达能力惊得目瞪口呆，沉默了半晌，才提出了这么一个疑问。他所描述的内容与《巨翅老人》的开篇简直衔接得天衣无缝,不像是随口胡诌,也不像是根据模糊的记忆重复别人的讲述。

"因为这个梦实在是太离奇了,它超出了我的想象,也超出了我对生活的认识。人居然可以长出一对翅膀,而且显得合情合理。更重要的是,那时我才二十岁啊,却梦见了自己暮年的样子。我一直觉得那是冥冥之中的一种暗示。"他迟疑的目光与说话的语气,似乎都表明他还沉浸于对往事的检索与回忆。

"您凭什么认定那个长着一对巨大翅膀的老人,就是您自己?"我的头脑逐渐清醒过来,于是提出了第二个疑问。

"这个,我想,每个人都会拥有相似的经验。难道你没有吗?在不同的梦中,我们扮演的角色是不一样的。在这个梦中,我从一开始就清楚地知道那个长着一对翅膀的落难老人就是我自己。我们共用一个脑袋,一具身体。而且,我的身上还留下了与这个梦有关的证据。"他言之凿凿地说。

"什么证据?"我仰起头打量他,好奇地问。

"在这里。"他用左手食指,戳了戳右侧胸部。说完,他一颗颗解开黑色旧棉衣的纽扣,拉开毛衣和内衣的下摆,露出了松弛且起满褶子的右侧胸部。他指着胸侧一大块褐色的类似于胎记的三角形图案。"这——"他强调说。

"您这是?"我不解地问。

"这就是那个梦在我身上留下的证据。做这个梦之前，我胸前是没有任何印记的。但是第二天晚上，我在洗澡时无意间发现了它的存在，当时我还特别惊慌，以为自己患了一场大病。"他放下衣摆，重新扣上棉衣纽扣，言辞有些激动。

"那个梦跟这块胎记有什么关系？"我不解地问。

"这不是胎记。你刚刚不是讲，那个老人被关进鸡窝后，许多天里一直靠着铁丝网一动不动，好奇的人们认为他已经死了，于是，有人拿着给牛犊烙印记的烙铁在他身体的一侧烫了一下吗？他被激怒了。就像屁股坐在了荨麻草上一样，咆哮着，疯狂地扇动着臭不可闻的翅膀。就在同一时刻，一阵撕心裂肺的疼痛猛地从我右侧胸口像电流一样传来，伴随着一股肉体被烤焦的刺鼻味道。我差点因为无法忍受的疼痛从梦中醒来。这块印记，应该就是那时留下的。"他把那双枯瘦发紫、爬满蚯蚓、不能完全伸直的手伸向炭火，上下翻动，手掌边缘渐渐泛起橘红，好像两只手都会渐渐变得透明起来。

"这怎么可能？"我再次被惊得目瞪口呆。

"我最初也不敢相信，但这大约是唯一可信的解释。"他眨巴着浑浊的眼睛说。

"这个梦，您对其他人讲过吗？"我转移话题，试图弄清楚一些徘徊于胸的疑问。

"第二天早晨,我对家人提及过,但他们都没当回事。'谁不做一些奇奇怪怪的梦呀?'他们一边说,一边忙着手头的工作。从此,我再也没对任何人讲过。对了,新婚之夜,我妻子问到这块醒目的印记。我给她提过一嘴,但她对此嗤之以鼻。'明明就是一块胎记,你却说是梦中留下的。鬼才相信呢。'她说。"他的神情看起来有点虚无缥缈,也有点黯然神伤。"我没有给他们任何一个人完整地讲过这个梦,都只是提过寥寥几句。"他忽然想起了什么,又郑重地补充了一句。

"也就是说,没有外人知道您这个梦了。"我说。

"应该是的。我从未听闻家人在任何场合谈论此事。他们早忘记了。"他把双手收回,交叉抱在胸前,佝偻着身子,望着漫上一层白色灰烬的炭火,陷入沉默。

我也陷入沉默。

四

认识不认识堂祖父的人,都跟我母亲一样,认为他是一个不务正业的人,一个说话、做事都不着调的甩手掌柜。我祖父的看法或许要客观一些。

祖父说,他的这位远房堂弟,在二十岁之前与他人无异,但在二十岁之后,性情忽然变得有些孤僻古怪。他常常躲开家人和朋友们的视线,坐到一块无人之地,望着蓝莹莹的天空发呆。很难琢磨透他到底在想些什么,跟换了一个人似的。二十岁那一年,他忽然决定拜鲁班为祖师爷,到邻镇跟着大名鼎鼎的黄明仁师傅学习木匠手艺。按照常理,拜师学艺是十六七岁时就该着手准备的事情,而他在二十岁时才做出这个决定,但也不算晚。或许性情孤僻的人更能专注地学习一门技艺,他不出一年就出师了,而且大有青出于蓝而胜于蓝的势头。据说黄明仁师傅对他这个徒弟态度复杂,既喜爱备至,又略有嫉妒,还好他们不在同一个镇上生活,不然就有好戏看了。

  祖父告诉我的当然不止这些,何况他天生一副好口才。但不知道为什么,父亲没有遗传到这一优于他人的长处,不仅他没有遗传到,他的兄弟姐妹们也没有。祖父说,他的这位远房堂弟虽然身怀绝技,却拒绝借此谋生。他每天都把自己反锁在阁楼上的一间暗房里,轮番使用着锯子、刨子、凿子、斧子等工具,咚咚锵锵地,三个月也不见说一句话,但谁也没有见过他到底在鼓捣什么玩意儿,即便是他的母亲。他的母亲以为他走火入魔了,于是去邻镇请了一个江湖术士给他驱魔。那个见多识广的江湖术士只远远地望了他一眼,便声称是心魔作祟,世间并无良方可医。不过,江湖术士在告辞前还是给出了一个未经实证的建议,也不知是出于同情,还是出于道义。他的母亲听从建议,四处托人给他介绍对象。这个可怜的妇人一厢情愿地相信,婚姻会让他的儿子回到正常的生活轨道上来。没想到,这个不是法子的法子还真起到了一些意想不到的效果。

祖父继续讲述堂祖父的故事。二十五岁结婚以后,迫于生活压力,他终于走出阁楼上的那间暗房,并带着一整套木匠工具。不得不说,经他之手变幻出来的那些嫁妆,可真是精致漂亮啊,经得起任何挑剔眼光的严苛审视。更绝的是,他还会根据每一件家具的外形和用途,在人们意想不到的地方,绘上花鸟虫鱼等图案。谁也不知道他是什么时候学会的绘画。依我看,那纯属老天爷赏饭吃。天生的木匠和画匠。你是没见过,那些花鸟虫鱼,简直活灵活现:红鲤鱼在游动,黄蝴蝶在扇动翅膀,花喜鹊在鸣叫,海棠花在怒放……真是锦上添花。镇上的几个老木匠见识了,无不暗自惊叹,自愧不如。这也是黄明仁师傅不及的地方。一时间,镇上所有待嫁的女子,都以拥有一套他做的嫁妆为荣。虽然如此,可他似乎并没有完全把心思放在这蒸蒸日上的事业上面,好像一直有什么事情困扰着他。

待两儿两女稍微长大一些后,他的母亲暗自担忧的事情,还是不可避免地发生了。"那时,他不顾全家人的强烈反对,从镇上的牲口贩子手中高价购回了两匹马。"祖父在一个雨天说道。谁也不知道他买这两匹马做什么。这一直是一个谜。他从来没有对人解释过。我们这个地方，山路崎岖，买马或骡子，不是为了到另外一个产煤的村子驮运煤块，就是为了到集市上驮运货物和肥料。可他从不让这两匹马干这些苦力活儿。每天清晨，他都会牵着它们到山冈上放牧。马低头吃草的时候，他会像结婚之前那样，坐到空地上，望着天空或马匹发呆。一年秋天，其中一匹枣红马，因为在路边贪吃了玉米地里的几株黄豆而一命呜呼，他伤心了好长一段时间，似乎比他父亲离开人世还要伤心。从此，他对剩下的那匹马更加上心，把它养得膘肥体壮，美目传神，鬃毛漆黑，相当养眼。人们都说，他对马的关心，远远超过了他对四个孩子和妻子的关心。这为将来的事情埋下了隐患。

另外一个雨天，祖父又谈及一桩与堂祖父有关的公案。某年夏天，村子里忽然多出了两张陌生面孔。他们的穿衣打扮异于常人，操着一口外省口音。他们像百年前的神父一样，挨家挨户地兜售世界上最新的生活理论。这些新奇的理论，让村子里的人大开眼界。据他们声称，当今世界的人，已不再需要种植庄稼，也不再需要食用一日三餐，每天只需默诵经文在家修行，即可安然度日。只是最开始的过渡期，每天需服用一颗白色药丸。如果不相信他们的理论，他们也可以无偿传授让玉米自己无限繁殖的方法，从此人们再无须下地劳作。这个方法，听起来神奇，其实相当简单，他们不厌其烦地向好奇的人们一遍遍进行演示——将玉米装入一只透明的玻璃瓶，盖好瓶盖，然后双手合十，闭目默诵经文。他们信誓旦旦地说，只要坚持每天在玻璃瓶前诵经祈祷，并保证放于玻璃瓶中的玉米的颗数是九的倍数，七天之后，玉米的数量就会无限增加。但是在这七天之内，不能进食，只能服用他们兜售的白色药丸，不然将功亏一篑。许多人认为这是骗术。他的母亲，基于对玉米地的热爱和生活常识，手握赶鸡的竹杖把那两个外乡人轰出了院子，他却相信了。他花了一大笔钱，购买了一百二十颗白色药丸，命令全家人每天服用一颗，跪在一只装有九千九百九十九颗玉米的玻璃瓶前默诵外乡人誊抄给他的经文，祈祷玉米在他们看不见的时刻无限繁殖。他的母亲拒绝服用药丸，并苦苦相劝，由于得不到任何回应，气得浑身颤抖，自此一病不起。七天之后，他和四个饥肠辘辘的孩子迫不及待地将玻璃瓶中的玉米倾倒而出，连续数了五遍，也没有多数出一颗，始觉上当受骗。然而外乡人已不见踪影。

四个孩子像在春天会开出一片紫色烟霞的泡桐树一样，在一夜之间长大成人，老母亲也已于几年前离世，可他似乎仍然没有回到正常的生活轨道上来。祖父在另外一个年头对我提起他的这位远房堂弟时,一脸唏嘘。尽管他还会出门为待嫁女子做嫁妆,但由于他醉心于养马和其他一些不良嗜好,譬如酗酒、抽旱烟,到底荒废了事业。他的妻子在忍受了二十余年之后,终于为了房子的事情,像一头被激怒的母狮那样爆发了。两个儿子都到了当婚之年,一家六口却仍挤在那三间老宅里,不知提了多少年的扩建计划始终不见任何动静,而他仍然像和尚撞钟一样,得过且过,毫无紧迫感。于是,她把二十余年来积累下的不满情绪,在一个雨天悉数倾倒而出,并趁他外出时,擅自把那匹老马卖给了一个外地来的牲口贩子。像当年刚刚结婚时那样,迫于压力,他承诺两年之内在山冈的另一面建一栋新房。两年后,新房真的建起来了,却与他没有多少关系——那是他的妻子带领两个儿子没日没夜忙碌的结果。两个儿子在一年之内先后结婚,两个女儿也在随后两年内相继出嫁,在一次史无前例的争吵之后,他年过半百的妻子,气哼哼地跑到了大儿子家,再也没有回去。从此,他独自生活在山冈下的那三间老宅里,陪伴他的,只有一只老猫。"人的一生啊,啧啧啧,谁也说不清。"祖父感叹了一番。

"堂祖父真的会飞吗?"有一次,我到底忍不住好奇,打断祖父滔滔不绝的讲述,再次问起了那个始终徘徊在我脑袋里的问题。

"我知道你迟早会问这个问题的。"祖父嘿嘿笑着对我说,"我给你准备了两个故事。你想先听哪一个?"

"父亲说堂祖父有一次在江边的集市上腾空而起。是不是真的?"我问。

"这是其中的一个故事。我给你详细地讲一讲。至于是真是假,你自己判断。"祖父佯装咳嗽了两下,接着道,"许多年前的一天,你的堂祖父去位于江边的集市赶集,恰好遇见镇上一场百年不遇的大风。他的腰那几天疼得厉害,是长期做木工活儿落下的毛病。他预感到有一场大雨要下,出门时便带了一把从未用过的雨伞。黄昏的时候,果真噼里啪啦地落起了珠子般大小的雨点。他撑起了雨伞。忽然,一阵极其恐怖而又陌生的声音从江中呼啸而来。人们预感到一场灾难即将来临,他们像惊弓之鸟一样四散奔逃。摆在集市上的货物瞬间不见了踪影。玻璃窗碎了一地。更可怖的事情发生了。人们将永远记得他们亲眼看见的那一幕:一个人来不及躲闪,竟被那阵旋风卷到了集市上空。他手中的雨伞,像船上的帆布那样鼓胀着。人们忘记了自身的安全,纷纷从屋檐和门廊下跑出来,目瞪口呆地抬着头,像搁浅的鱼一样大张着嘴巴。他被那阵旋风卷跑了。"

"卷到哪里去了?"我好奇地问。

"最终,是另外一个村子的人,吃惊地发现一团黑影从天而降。那团黑影，不偏不倚，重重地落到了一棵花朵开得正紧的泡桐树的树冠上。他吓蒙了，竟忘记了摔在树上的疼痛。"祖父说。

"另外一个呢？"我紧接着问道。

"那是他炒爆米花的那两年发生的事。在孩子们还小的时候，为了养家糊口，做木匠之余，他不知道从谁手中购买了一台老掉牙的炒爆米花的机器。你见过那种手摇式的机器吧？有一年春节前夕，他在邻村的广场上摆摊炒爆米花卖时，随着一声巨响，在围观者的惊呼声中，他猛地从地面飞了起来，胯下骑着那只紧连着机器被热气撑得鼓鼓囊囊的口袋。谁也不知道他是怎么骑上去的。炒爆米花的机器，是否能够在瞬间爆发出那么大的力量，也是一个谜团。"祖父说。

"他落到了哪里？"我问。

"一棵落光了叶子的苹果树上。"祖父应道。

五

我到底起身，挤进吵吵嚷嚷的大厅瞧了一眼，婚礼已近尾声。重返厢房时，堂祖父已转移至远离窗户的一个角落里。见我进来，他立即用两道热切的目光示意我过去，并伸出右手拍了拍他身旁的一把椅子。这个动作，让我一下子回想起二十年前，他在院子里俯身张开嘴吹灰尘的画面。鸭嘴兽的形象也一并浮现自脑海里。望着已至暮年的"鸭嘴兽"，《巨翅老人》中的一段话差点脱口而出："那人穿得破破烂烂，光秃秃的脑壳上只剩几绺白发，嘴里的牙齿也所剩无几，看上去够当曾祖父了，但那副可怜巴巴、浑身湿透的模样实在撑不起一丝尊严。"佩拉约和埃利森达看见的那个似曾相识的巨翅老人，不正是坐在我左侧的堂祖父吗？他的形象与我无数次想象过的巨翅老人的形象惊人地相似。"这究竟是怎么回事呢？"比绣球花的花瓣还要繁多的疑问瞬间挤爆了我的脑袋。

我们一时都不知道说点什么好，任凭嘴唇嚅动着。陆陆续续有客人进来了。相对安静的厢房，重新变得吵闹起来。不过，我们所在的这个角落，没有人过来。

"你刚刚讲的故事中，那户人家的男主人和女主人分别叫什么名字？"他终于打破了尴尬的沉默。

"男人叫佩拉约，他的妻子叫埃利森达。"我说。

"这可能是与我的梦有出入的地方。梦中，那个在最初的日子里穿过一身警服的男人，叫什么'安东你好'（音），而女人，叫什么'波木我'（音）。他们天天这样称呼对方，我记住了，但依然不知道该怎么准确地说，更不知道该怎么写。"他说。

"那您见过那个蜘蛛女孩吗?就是那个因为没有得到父母的准许而跳了一夜舞,最后在树林里被一道闪电击中,从而变成了一只大狼蛛的可怜女孩。"我想起了一个测试他梦境真假的问题。

"没见过。但你刚刚讲述她的故事时,我才明白,为什么那些天天把我当马戏团里的老虎和狮子一样围观的人会越来越少,最终一个也没有了。原来他们都去看蜘蛛女孩了。她的身世确实太悲惨了……那真是一次奇特的经历啊。我还清晰地记得那个在人群上空飞来飞去的杂耍演员。"他再次把目光投向天花板,好像那个披着一对铁灰色蝙蝠翅膀的杂耍演员就在那里飞来飞去一样。

"您一共在那里生活了多少年?"我又想起一个问题。

"这个我还真不知道。人在梦中或许都是没有确切的时间概念的。我落到他们家的院子里时,他们的孩子好像才刚刚出生,而当我离开时,孩子已经上学去了。他们新盖的二层楼房,颜色慢慢变得暗淡。围着鸡窝的铁丝网,在风吹雨淋之下也已经变得锈迹斑斑,甚至烂出了几个大洞。这些,你刚刚在故事中好像都提到了。"他说得很慢,似乎在检索记忆。

"那个孩子叫什么?"我忽然想到马尔克斯在《巨翅老人》中并没有提及孩子的名字,如果堂祖父没有撒谎,他应该知道。

"这也是我感到奇怪的地方。那个天使般的孩子,好像也叫'安东你好'(音)。他的爸爸和妈妈,都是这么称呼他的。他稍微长大一些以后,几乎天天钻到鸡窝里来同我玩耍。虽然我并没有表现出对他有多喜爱,但心里还是喜欢他的,毕竟我那时太孤独了,每天陪伴我的,只有一群臭烘烘的母鸡。这也就是我能容忍他粗鲁地拔我翅膀上的羽毛,也能容忍他恶作剧般往我身上撒尿的原因。有一次,那个小家伙差点用火把我的翅膀烧光了。我忍受着剧痛在地上扑腾了好几下,才把火扑灭。我还暗自担心,羽毛再也不会长出来了。"提到孩子,他的话又多了起来。

"在那么长的时间里,您就没有尝试与他们进行沟通吗?"我问。

"我当然尝试过。他们也尝试过。但我压根儿就听不懂他们在说些什么,呜里哇啦的,呜里哇啦的,真的像鸟语。他们也听不懂我说什么。而我又只会说我们村子里的话。"他无奈地说。

"难怪他们以为您是长着翅膀的挪威人了。"我说。

"挪威人?"他问。

"挪威是一个国家。离中国也很远。"我说。

"我长得像外国人吗?"他问。

"或许挪威人在他们的想象里，就跟您长得一模一样。"我不想偏离话题，简单地回答了他，并问了一个至关重要的问题："您今年贵庚？"。

"明年开春就要吃七十一岁的饭啦。"他苦笑着对我说，并用手势比画着。

"您是一九四七年出生的吗？"我问。

"正是。"他平静地答道。

我却暗自吃了一惊。他二十岁那年，恰好是一九六七年。次年，哥伦比亚作家加西亚·马尔克斯创作出了短篇小说《巨翅老人》。

六

二〇一九年八月，我和几位同行受邀到智利首都圣地亚哥参加一个文学交流活动。出席这个活动的除了智利和中国的作家，还有来自巴西、阿根廷、秘鲁、乌拉圭、哥伦比亚、玻利维亚等六个南美国家的作家和文学研究者。活动中，我有幸认识了哥伦比亚国立大学终身教授马丁·弗洛雷斯先生。这位与哥伦比亚现代派作家何塞·马里亚·萨姆佩尔长篇小说《马丁·弗洛雷斯》书名同名的文学教授，已经八十二岁了。据翻译介绍，他是哥伦比亚研究马尔克斯的权威，在马尔克斯生前，两人私交不浅。当我向他谈及我堂祖父的梦境与马尔克斯《巨翅老人》的神秘关联时，他也感到难以置信，并表示如果在研究马尔克斯的资料中发现与此相关的蛛丝马迹，会即刻通知我。

九月下旬的一个晚上，我正端坐于位于北京市朝阳区的鲁迅文学院的宿舍阅读博尔赫斯的小说，手机发出了电子邮箱接收到新邮件的提示音。打开邮箱，惊喜地发现那竟然是马丁·弗洛雷斯教授写给我的一封电子邮件，而且是用中文写的。"为了省去不必要的麻烦，我的信写好之后，将委托哥伦比亚国立大学孔子学院的教授翻译成中文……"写在信首的这段话打消了我的疑虑。弗洛雷斯先生在信中交代，他从圣地亚哥回到哥伦比亚以后，花了一个月的时间把他所收集的与马尔克斯有关的资料重新浏览了一遍，最终在马尔克斯于1986年写给他的一封信函中，发现了一段与《巨翅老人》有关的文字。马尔克斯在这封信函中写道："1968年8月，我在卡塔赫纳度假，无意间听说了一对海滨夫妇收留了一个'天使'的真实故事。男人叫安东尼奥，女人叫波姆沃，而那个'天使'，无名无姓，不知道从何而来，也不知道往何处去，据说像挪威人，每日被关在围着铁丝网的鸡圈里。这个故事引起了我的兴趣，它与那时我们生活中正在发生的一些事情有着密切的关联。于是，我向两个知情者打听了许多细节，构思了一篇小说。正式写作时，我在已知故事的基础上，虚构了天使后来的命运，希望一切如水到渠成那般真实可信。"信末，弗洛雷斯先生将堂祖父的梦境与《巨翅老人》的内容惊人一致的事情，归结于上帝的安排。他说，"世界上总会出现一些我们无法理解更无法解释的事情。这些事情正如伟大的文学作品一样，具有永恒的魅力。"

读罢弗洛雷斯先生的信件，我更加疑惑了。于是，我从书橱里翻找出马尔克斯的那本小说集，一遍遍默读着《巨翅老人》，试图在字里行间寻找到一些有可能解答我疑惑的线索，却始终无果。我不知道该如何回复弗洛雷斯先生。

七

我准备趁年底回小镇上过春节时，将弗洛雷斯先生告诉我的事情转告给堂祖父，却意外得知，他已离奇失踪三个月。

十月的一天，他远嫁到四川的小女儿回乡省亲，想探望一下多年不见的父亲。她推开院门，却发现那三间老宅大门紧闭，无论怎么呼喊也无人应答。一家人四下寻找无果。这时，他们才把目光聚焦到那间无门无窗的厢房上。两个儿子合力撞开那间厢房，发现了一个惊人的秘密：原来那是一个紧闭的工作间。幽暗的工作间中央，矗立着一对巨大而又轻盈的翅膀。他们被父亲的这件作品惊得目瞪口呆。原来父亲在独居之初，设计并建造这间外形奇特的厢房，只是为了制作这样一对栩栩如生的翅膀。他们暂时忘记了父亲失踪这件事，禁不住内心的好奇，几乎同时小心翼翼地伸出右手，触摸那对巨大的翅膀，却又同时像触电般把手缩了回来——因为那对巨大的翅膀自己扇动了起来，竟像是一对活着的有生命的翅膀。

这件离奇的事情很快传遍村子，人们悉数涌到堂祖父的院子里，这其中也包括我的母亲。他们最初的反应与堂祖父的两个儿子一样，被惊得目瞪口呆，继而才叽叽喳喳地议论起堂祖父的行踪来。有人说，一天深夜，他听见狗一直狂吠不止，不放心，担心有贼，于是披着衣裳在院子里巡视了两圈，结果并没有发现什么异常。只是在关上大门的瞬间，他恍惚看见一团巨大的黑影在村子上空像鸟一样飞过。但是他没当回事，以为那是一团移动的乌云。而此时，当他看见那对巨大的翅膀后，他才恍然大悟似的拍着大腿，兴奋地对人们说，那天晚上，他看见的，或许就是堂祖父。另外一个人说，一个大雾弥漫的清晨，他远远地望见堂祖父拎着一只奄奄一息的母鸡，走向了更浓更深的雾气中，却再也没有见他原路返回。那段时间村子里正在闹鸡瘟。他是不是被那场大雾带走了？

他的两个儿子觉得他们的议论过于荒诞，不知是出于愤怒，还是悲伤，嘴里喊喊喳喳像赶鸡一样赶走了看热闹的人群。正是那时，他们颤巍巍的母亲拄着拐杖来了。这个白发苍苍的老妇人，自从离家出走以后，二十余年来首次走进那间陌生的厢房。望着丈夫的遗作，她联想起过去漫长的婚姻生活，一时悲从中来，不禁瘫坐在地嚎啕大哭。儿子和女儿都面面相觑，既不知道该怎么安慰母亲，也不知道该怎么处理那对翅膀。他们毕恭毕敬地站在一旁，等待母亲从悲伤中缓过神来，等待她拿主意。可他们永远也不会想到母亲接下来的举动。只见她站在那对翅膀前，迟疑了一会儿，忽然悲愤地举起手中的拐杖，不顾一切地砸向了它……

这一切，都是我母亲在电话里告诉我的。也就是这一天，我问了母亲一个问题："您当年是怎么知道堂祖父飞到了外国，而且在那里生活了许多年的？"

"我那只是随口说出的一句气话。"母亲说。

"父亲呢？他在哪？"不知道为什么，我有点担心他。

"他这三个月来都没怎么说话，跟掉了魂一样。"母亲说。

父亲失踪史｜

一

　　四年前六月中旬的一个傍晚，六十二岁的父亲在众目睽睽之下不翼而飞。这起离奇的失踪事件旋即成为小镇上的一桩悬案，也成为我们家心照不宣的禁忌。

　　追溯起来，这个傍晚与我们所经历的任何一个夏日的傍晚并无二致，事前也没有出现任何预兆。其时，我们和几位邻居正站在院子一隅的阴影里聊天。两分钟之前，我还特意去看望过父亲。他独自待在一个我们每个人都能用余光扫视到的房间里睡觉。油漆斑驳的房门大敞。依旧滚烫的夕阳，就落在他的脚边。猛不丁发现他消失之后，我们寻遍楼上楼下所有的房间和院子里可以藏身的角落，均不见他的踪影。我们继而把搜寻的范围扩大至整个村子，甚至有一位热心肠的邻居凭借他对人性的深刻认知，在那条唯一通往集市的马路上追赶了好几公里，仍然无果。白昼将尽，我们在暗若微火的同情目光的注视下，失魂落魄如同丧家之犬，却又暗自祈祷，这只是一场幻觉，抑或深感无聊的父亲自导自演的一出恶作剧。我们期待回到家中时，第一眼就能看见他。然而，当我们真正回到家中，迈进父亲失踪时待过的那个房间时，才明白了一件事情：父亲是不可能失踪的。

因身患重疾，父亲终日蜷缩于一把灰色躺椅内侧的阴影里，形容枯槁如同一只丑陋的蜥蜴。那把躺椅，卧在原处，灰色椅面还保留着被人体压陷的痕迹。一副主人会立即返回的样子。半月前，他就被宣告失去了行动能力，即使原地小便，也须有人相助。他瘦骨嶙峋、颤巍巍的双腿已支撑不起虚弱的上半身。或许是同一时期，他陷入了漫无际涯的睡眠之中，好似再无醒来的可能。证明他还活着的证据，除了老猫一样湿漉漉的呼噜声和胸部有失规律的起伏外，还有他干焦而略微发黑的嘴唇——那对曾经刻薄而又不失幽默的嘴唇，无时无刻不在翕动。

我们怀疑父亲正使用谁也无法窥破堂奥的唇语，与一位隐形人进行永远也不会停止的密谈。一个下午，我曾趁他醒来的短暂片刻向他求证这一疑问，他十分肯定地"嗯"了一声，但随即就重新闭上了浑浊而疲乏的眼睛，并未透漏任何细节。也不知是他与交谈者签订了一纸保密协议，还是因已没有说话的力气而故意为之,抑或单纯地被睡眠这块磁铁所深深吸引。

我们无不悲哀地认为,父亲已来日无多。可正是这位已进入弥留之际的父亲,竟在我们的眼皮子底下消失得无影无踪。

过去三年,这起并不光鲜的失踪事件一直压在我们心头,压得我们喘不过气来。我们的头顶,时而盘旋着一团令人沉闷的气压,时而汇聚起无数只挥之不去的蚊蝇。我们都犹如有罪之身,等待着宽恕和救赎——毕竟父亲是在我们眼皮子底下杳无踪影的,作为共同的监护人,我们负有不可推卸的责任。与我们的无限愧疚像影子一样相伴的,还有长舌妇们公开或半公开的议论。她们言之凿凿地声称,是我们共同谋杀了父亲,之后为了掩盖真相,我们又精心策划了这起离奇的失踪事件。即使我们到警察局立了案,这种极端的议论仍未停止。这一切,都拜父亲所赐。有时想起这些,不免憎恨起父亲来:他究竟为什么不辞而别?留下一个谜团让人猜测甚至恶意诋毁,难道是为了惩罚我们?

谁也不知道答案,但至少有一件事可以确定的:虽然这三年间发生了许许多多的事情,世界也发生了大大小小的变化,可我仍未能接受父亲失踪这一事实。我不知道那个傍晚或者那一天究竟是哪里出了差错。是我们在恍惚间迈入了另外一个时空吗？我试图弄清楚这一切。可这三年来，我的脑袋里就像装满了糨糊，一直乱糟糟的，毫无头绪。直到三个夏天之后，就在我们被某种可怕的惯性所裹挟，在日常事务的侵扰下逐渐将此事淡忘时，事情出现了一线转机。

说来也真是奇怪，过了某个很有可能存在于每一个人潜意识里的时间点，纷繁芜杂的记忆好像忽然间被唤醒了一般，与父亲有关的种种记忆竟一幕幕浮现而出，好比鱼儿自己跃出波光粼粼的水面。

更重要的是，母亲在第几次清理父亲的遗物——不，应该是物件，我们谁都不认为他已离开人世——时，意外地在二楼一个表面落满了尘埃的"百宝箱"里发现了一个封皮磨损、内页被虫蠹噬过的日记簿。它被精心地包裹在一张布满褶皱的牛皮纸里。这个日记簿母亲从未见过，里面却用不同颜色、不同型号的笔写满了密密麻麻的蝌蚪文。那是父亲的笔迹。母亲戴上老花镜，移步至窗前，对着炫目的亮光翻了翻，便皱着眉头将之放到了一个无人问津的橱柜里。她不识多少字。

三个月之后，我回家看望母亲时，得到了这个来历不明的日记簿。当天用罢晚餐，我在卧室怀着窥伺隐私的阴暗心理，像考据甲骨文一样考据父亲潦草的笔迹，艰难地阅读着日记簿中残存的文字，竟彻夜未眠。

二

这个散发着某种封闭气息的日记簿,与时下流行的口袋书一般大小,小32K版本。也不厚,父亲耐心地在每一页下方标注了页码,总共128页。第31页至34页、第85页至90页佚失,内侧均留下了一道整齐的毛边,也许是用尺子镇着纸张,用手慢慢裁下的。102页之后是空白。

严格意义上说,父亲并没有把它当作日记簿。他没有在任何一段文字的前后像标注页码一样,标注日期、星期和天气。但根据内容,还是可以推断出父亲写下每一段文字的大致时间。譬如第66页,父亲写道:"这一年在新疆度过,几乎一无所获……"记录的应该是八年前的事情。这一年,父亲恰好在乌鲁木齐工作,并从那里带回了一袋花种。如今,每年春夏之交,鲜艳多姿的格桑花都会开满院子西南角的花园。依循这一线索,我吃惊地发现,这个日记簿记录的内容,时间跨度竟然长达十八年之久。

那个凉意袭人的晚秋之夜,我被一种错觉长久地包裹着。这真的是我们的父亲吗?那个不善言辞的人,在我的记忆中一直留着板寸,直至垂暮之年,他才将头发稍微留长了些,以掩饰秃顶的不足。他从未认真地照过一回镜子,即便偶尔走到镜子前,也只是佝偻着身子,象征性地用手梳理一下头发,很快就闪开了,眼角与嘴角流露出某种担心被人发现的不安与羞涩。事实上,他好像总被一种与生俱来的坏情绪纠缠着,那张瘦削的马脸很少露出笑容。我们都十分惧怕他,小心翼翼地与他保持着距离,从未向他敞开过心扉。当然,他也未曾向我们敞开过。我们谁都不知道他沉默地吸烟、嘴唇以上的脸部被蓝色烟雾笼罩时,都在思考什么问题。可是日记簿中的这个父亲,陌生得就像是别人的父亲。

第1页,父亲写道:"第一次出远门,心情比较复杂。最开始也是有新鲜感的,世界上竟然还有这样好的地方,还有那样好看的女人,但很快也就习以为常了。工作相当机械乏味,好在有烟抽,偶尔还可以喝一顿烧酒。每天夜里,躺在吱吱作响的简易床上,听着夜鸟咕咕叫,总是会想起三个孩子。"

二十二年前,父亲第一次乘坐长途汽车到外省谋生。没过多久,我们就收到他寄来的一封信。他在信中嘱咐母亲:带我们兄妹去照相馆拍几张照片,寄给他。想必正是写这封信之前,他去商店购买香烟或其他什么生活物品时,偶然在柜台上瞧见了这个正好可以塞进他上衣口袋的日记簿,便不假思索地付了账。

第10页,见得着类似的句子:"北京远郊的秋夜已像早冬一样寒冷。裹在薄薄的被子里,透过还没有安装玻璃的窗户洞,望着天上闪烁着几颗与秤星一样不起眼的星星,又想起了半年不见的孩子们。"

第13页,他写道:"父亲大人在这年春天忽然辞世,十分意外。可我在回忆他生前的某些异常举动时,发现他很有可能提前预感到了什么。我们的关系十分恶劣,可是去年冬天,他竟时不时地来到我们家和我谈天,而且态度和蔼……"

我还读到了一些闻所未闻的事情。如第9页:"我们轮流睡在卡车车头里,看守工地。那天夜里,有人摸进来偷东西,被值班的人发现了。我们几个人跳将而出,准备将那毛贼活捉了,哪里想到夜幕里忽然冲出来乌泱泱一队人马。他们手中不是提着长棍,就是握着雪亮的砍刀,嘴里还吹着口哨,呜里哇啦地叫喊着。瞧着这个阵势,我们只好眼睁睁地看着他们有条不紊地把工地上有价值的东西搬运一空。因为丢了东西,我们也丢了工作。"第16页:"我们都没有来过首都,据说从这里乘坐公共汽车到市区只要半个小时。一天下班后,我们八九个人兴冲冲地换了一身干净衣裳,准备结伴到市区转一转。可是运气坏透了。刚刚跳下公共汽车,我们就被搜查暂住证的治安员逮了个正着。在一片叱喝声中,我们双手抱头蹲在地上,就跟嫌疑犯一样,最后被不由分说地关进了一间黑屋子。我们在那间又臭又脏的屋子里待了整整一个晚上,直到第二天中午才重见天日。老板替我们交了罚款。真是虚惊一场。"……这些惊心动魄的事件,他可从未在我们面前提过一嘴。当年我们只是一味地羡慕他走南闯北,还去过遥远的首都。

我自然没有忘记阅读这个日记簿的初衷。我期待在这些蝌蚪文里找到与父亲失踪事件密切相关的线索,可刚刚提到的这些事情,似乎都与那起事件毫无关联。正这么琢磨时,第21页至30页记录的内容,引起了我的注意。

父亲在第21页、22页中提到了一件事情:"……我并不相信这个世界上存在隐身术、穿墙术一类的把戏,那不过是一些神话传说罢了,但在云南迪庆德钦县的深山里,来自山东郓城的孙月斌,在一个月夜让我见识了货真价实的穿墙术。只见他口念咒语,眨眼间就从我面前消失了,那堵厚厚的墙壁在他面前竟虚若无物。他自称是崂山道士的传人,也不知道是否属实。我们私交不错,经常在一起喝酒。即便如此,我多次向他请教练习穿墙术的方法,都被拒绝了,他声称此术不能轻易传授。直到有一次,他喝得酩酊大醉,忘记了自己是谁,终于被我套出了秘诀,也不知道是否真实可信。"

第22页的文字下方,是一串神秘的符号:

ㅇㅅㅇㅅ♀♀ㅠㅠΣ

这是整本日记簿中我唯一不知其意的地方。或许这就是练习穿墙术的咒语。可能父亲一时不会写那些读音奇奇怪怪的字，只好使用一串只有他才能意会的符号替代。当然，也可能完全不是这样。

随后八页，是用蓝色圆珠笔绘下的一组练功图。图绘得乏善可陈，线条不是特别流畅，但也不像生手所为，大致意思表达清楚了。第一张图至第八张图，完整地呈现了一个穿墙术练习者从在墙壁前蹲着马步运气到穿过墙壁的全过程。

盯着这组穿墙过壁的练功图，悬置于十七年前的一个疑团似乎有了答案。那年一个明月高悬的冬夜，我被几个断断续续闯进梦中的奇怪声响惊醒。担心是贼，我摸黑披了件外套，蹑手蹑脚地来到客厅。通往院子的门，居然虚掩着。果真来了贼。一团黑影，正鬼鬼祟祟地立在一面墙壁前比画着什么。我扪着狂跳不已的心脏，抄了一根棍子，屏息凝神，躲于门后，随时准备跳将而出。只见那团黑影一边比画——样子倒像练气功或太极———边咪咪嘛嘛喃喃自语，随后竟以迅雷不及掩耳之势撞向了墙壁。坚硬的墙壁在撞击之下，发出了沉闷的响声。我被这骇人的举动吓了一跳，不禁从地面弹了起来，嘴里也发出了一个哨音。

那团黑影听到有动静，停止用手按摩头部的动作，压低声音警惕地问："谁？"那是父亲的声音。"您半夜三更在这里干吗？"我推开房门不解地问。"晚上喝多了。起来醒醒酒。"父亲悄声说，并将右手食指竖到嘴唇前，嘘了一声。"那您瞎撞什么墙呢？"我小声问。"可能喝的是假酒，头疼得厉害。忍不住。现在好一点了。"父亲悄声应道。如镜月色与清冽寒气交融在一起，空气中并没有酒味弥漫，但我还是把他劝回了室内。次日，他的前额肿成了一个巨型蜂巢。母亲关切地询问发生了什么事，他回答说，昨晚起来小便时，不小心摔了一跤。

那时，他刚刚从云南回来不久。那一年，他已经四十九岁了。

接下来的四页日记佚失。父亲在上面都记录了些什么，为什么又要把它们撕掉，虽然疑窦重重，但都已不可考。

三

蒲松龄在《聊斋志异》中讲述了一则与穿墙术有关的故事：故家子王七少时慕道，负笈崂山寻仙，遇到一素发垂领、神观爽迈的道士，叩而与语，理甚玄妙，便请为师。然王七娇惰不能作苦，辞归之日，向道士索求穿墙术秘诀，道士传之。抵家，自诩遇仙，并向妻子演示穿墙术，结果蓦然而踣，额上坟起，如巨卵焉。这篇小说，正是《崂山道士》。这是不是穿墙术最早见于中国文学的记录，我不得而知。但后世总是将穿墙术与崂山道士天然地联系在一起，当是以此为源头无疑。

当然，穿墙术并不仅仅为中国的崂山道士所独有。

我偶尔读到一则轶闻：某年，瑜伽师克沙里拉瓦尔宣称将在一群科学家和记者的见证下，表演短途飞行和穿墙术。印度超自然现象研究院为此特意修建了三道钢筋水泥墙。表演当日，瑜伽师顺利穿越了前两道墙，却在穿越第三道墙时栽了跟头——他的头部已穿过墙壁，双脚却还停留在墙壁的另一端，身体呢，已与墙壁融为一体。据称，在印度加尔各答，这面镶嵌着克沙里拉瓦尔大师的水泥墙保留至今，供人凭吊。除了文字，发布者还附有两张从不同角度拍摄的照片。一个西装革履的绅士，身体与墙壁合二为一，然而头部、双手和双脚依然呈现出奔跑的姿势。有知情者驳斥这完全是子虚乌有之事，并指出，照片实景实际上是位于巴黎蒙马特区的"穿墙人"雕塑。而这一雕塑的创意，来源于法国作家马歇尔·埃梅的短篇小说《穿墙人》。

马歇尔·埃梅笔下的主人公迪蒂约尔在四十三岁那年发现自己突然具备了穿墙过壁的本领，经大夫检查，是由甲状腺壁面绞窄螺旋状硬化而引起。而《崂山道士》中的穿墙术，完全是一门法术。然而在现实生活中，试图证明穿墙术真实存在的却大有其人。譬如一位名叫亚特伍德的英国科学家在经过三十二年的艰辛推演之后，声称穿墙术在理论上是可能存在的，而且每个人都可能拥有这项特异功能。其依循的理论依据，是约瑟夫森效应。他的助手詹姆斯先生，一个爱钻牛角尖的年轻人，根据复杂的数学公式，计算出了人体穿过二十厘米厚的墙壁的概率——20 的 100 次方分之一。不到 0.01% 的概率，完全可以忽略不计。这也就意味着，神秘的穿墙术仅仅存在于作家杜撰的小说之中和理论层面。

我花了三天时间，把有关穿墙术的资料搜集起来进行梳理（其中有一本从某旧书网淘来的《亚洲穿墙术故事集》颇值得一看，韩国学者朴尚文先生编选，南京外国语大学柳鸣教授翻译，译林出版社 2005 年出版），又花了三天时间，研究令人头疼的约瑟夫森效应。正当我陷入一堆陌生的学术术语和天书般的数学公式而感到无可奈何时，忽然意识到一个问题：父亲在日记簿中提到的那个月夜该怎么解释？难道那也是小说家言？可日记簿中的其他文字以及他在十七年前那个冬夜的疯狂举动，都足以证明日记簿所记真实不虚，都是他最诚实的心迹吐露。如果纯属虚构，他也不至于费尽心思将日记簿藏匿于"百宝箱"中，并精心裁掉了好几个页码。

但另外的问题随之而来：根据那个名叫孙月斌的山东人酒后透露的咒语和凭借记忆绘下的练功图，父亲最终掌握了穿墙术的关窍吗？如果真的大功告成，他为什么从未在我们面前展示过？这不是他的性格。不过也难说，因为日记簿上所记之事，已让我不得不面对一个确定无疑的事实：我根本就不了解自己的父亲。我所了解的，只是冰山一角而已，或者说，只是某种假象。

既然如此，我们就假定父亲经过无数次秘密练习，已能熟练地施展穿墙术了吧，毕竟这是唯一能让他在弥留之际在众目睽睽下消失得无影无踪的方法可又不得不面对以下问题：他到哪里去了？是到另外一个时空去了，还是像迪蒂约尔先生那样，被夹在厚厚的墙壁中，成了墙中之囚？父亲究竟为什么要留下这样一个谜团？——这个困扰了我们三年的问题也接踵而至。

四

我再次拿起那个封皮磨损、内页被虫蠹噬过的日记簿翻阅起来。

第50页、51页的文字，我认为不可忽视："……我已经不知道说一点什么好。我们的关系好像已经走到了山穷水尽的地步。我试图跟她商量一件事情，可往往还没有开始，就被她怒气冲冲地打断了，她已没有耐心听我说任何话。我只好选择闭嘴，但仍避免不了争吵。她有时实在是太过分了。我无法克制自己的情绪。这真叫人难受。每天都不得不紧绷着脸。没有一天有好脸色。我无数次想过，即使变成一个流浪汉，也好过待在家里，那样至少活个自由自在。偶尔，我也会琢磨：我们的婚姻为什么会如此不幸？我们又是如何走到这一步的？我承认，在过去的许多年里，我对她的态度确实不好，对孩子们也是一样，那时年轻气盛，火气大。现在，我不时反思自己的行为，可她毫不领情……"

我不禁再次怀疑，这真的是父亲写下的文字？但潦草的笔迹，又证实这些文字千真万确出自他之手。我不得不再次修正对他的看法。他与母亲破裂的婚姻关系，早已不是秘密，而是伴随我们成长的噩梦。我们兄妹在成年以后都千方百计地远离他们在城市生活，实则都带有某种逃离的意味。我们都听够了他们像匕首一样捅向对方的恶言恶语，也受够了他们每次争吵之后留下的比暴风雨来临之前还要沉闷压抑的气息。在过去漫长的岁月里，我们总担心他们离婚，害怕家庭四分五裂。事实上，他们好几次都闹到了离婚的地步，最终却又没有付诸行动。或许就像他们经常说的那样："要不是为了几个孩子……"

接下来的几页,父亲一直在谈论外省见闻。譬如在山东见到了头长三只牛角的马,在山西见到了直立行走的蛇,在辽宁见到了哭泣的蘑菇,在河南见到了爬树的鱼,在江苏见到了飞翔自如的狸猫……第65页,他却写下了一段十分奇怪的文字:"没想到到了这把年纪,还会发生这么不堪(注:日记中原字为'甚')的事。我不知道该怎么面对已经长大成人的孩子们,可是我又不能主动跟他们谈一谈这件事。每当他们盯着我的时候,我都以为他们在审视我。"

我猜想其中必有故事,却不知其所以然,于是向母亲求证,没想到从她愤怒的口中得知一桩丑闻:父亲与镇上一何姓女人有染。我大为震惊,不相信父亲会干出这种勾当。那个女人我见过几面,身材臃肿,并无一二分姿色。可母亲坚持认为父亲背叛了她,而且列举出好几条证据。我替父亲辩解道:"那都是捕风捉影之事,不足为信。"母亲委屈得都快掉眼泪了。现在,随着他的失踪,这件秘密流传于小镇上空却未经考证的风流韵事,真的要变成一桩无头公案了。

第101页,父亲写道:"时隔十一年,母亲大人也走了。就像挡在我们面前的一堵墙壁,忽然间坍塌了,消失了。尽管在她生前,我们相处得并不愉快,也很少见面,她甚至用恶毒的语言诅咒过我,但现在还是感到空荡荡的难受。"

祖母驾鹤西去的次年春天,父亲的肺部出现不适,秋天在省会一家三甲医院确诊，肺腺癌Ⅲ期。我们极力隐瞒真相，可他好像已预知了一切。值得一提的是，祖母生前诅咒父亲往生在她前面，而父亲生病以后，母亲却梦见祖母给父亲送药。

第102页，是见得着文字记录的最后一页。之后的二十余页，如同父亲还未来得及展开的生命一样，留下了巨大的空白。

这一页，只有一句话："没有什么值得怀念的，也没有什么可抱怨的。"黑色签字笔笔迹。字迹没有前边潦草，接近楷体。写这行字时，他或许正立于二楼某个房间的窗前，眺望着荒凉的田野，预感到一场暴风雪即将来临。沉甸甸的失望，长长的叹息，弥漫于字里行间。写完以后，他轻轻地合上日记簿，忽然又像想起什么似的，把日记簿从头到尾默读了一遍，然后精心裁掉了十页日记。他摩挲着这个跟随他游历过十余个省份的日记簿，恋恋不舍地找来一张牛皮纸……

盯着这句看似豁达实则充满了宿命色彩的话，发生于父亲失踪前夕的一件事情，像一道闪电，短暂地照亮了我回旋着阵阵迷雾的脑际。

具体日期已不可考。五月末。也有可能是六月初。那时父亲尚有意识，还能像夏日的蚊虫一样嗡嗡嘤嘤地说话，也还能吃一点食物。吃苹果时,他的口腔里依然会发出清脆的回响——"咔嚓咔嚓"——听起来,他吃得香极了。

一个暑气蒸腾的上午,父亲吩咐他的长子,晚餐后把弟弟妹妹召集起来,到他的房间去一趟。我得知这个消失后,整整一天都在不安之中度过。父亲在这个时候郑重其事地将我们召集起来,一定是为了交代后事。他一定预感到了什么。我不能接受我们即将失去父亲这个事实,十分抵触,但又不得不在晚餐后尾随家人沉重的脚步迈向父亲那个黑黢黢的房间。

父亲像极了一尊木偶,奄奄一息地坐卧于躺椅中,并不明亮的灯光,让他的脸部愈显暗淡。我们神色忧戚地围着他,沉默地等待那个残忍时刻的到来。是的,我们都在等待父亲说话。直到现在,我才发现我们何其残忍。我们为什么就不能主动一点呢?到了这样的时刻,我们还把最难以启齿的事情推给父亲。

我们就那样僵持着,沉闷的空气愈加滞涩。

见我们长久沉默不语,父亲像木鱼一样呆滞无神的眼睛,终于吃力地转动了两圈,搭在躺椅扶手上的两只瘦骨嶙峋的手,也跟着动了动。不易察觉的怒容缓缓爬上他陌生的被灯影覆盖的脸庞。他用嘶哑的不耐烦的声音吩咐道:"你给他们说……"我们都知道这话是说给谁听的,便将目光齐刷刷地投向母亲。

母亲一骨碌从床上翻起来,一脸茫然地望着父亲的侧脸,无辜地问道:"你要我给他们说什么?"父亲恼怒了,浑身微微颤抖,手臂上张脉偾兴,嘴唇嚅动。若是往日,他肯定要从椅子上跳将起来,好好地将母亲数落一番,可他现在已无力站立。他孤独地坐在灯影里,陷入了漫长的沉默。

"您就告诉我们吧,爸爸对您说了什么?"我们以为在母亲将我们从各自生活的城市召回来之前,父亲就向她交代了遗嘱,并委托她在这个晚上转述给我们,便责备似的询问母亲。可她依然如故,假装什么都不知道。

父亲不知咕噜了一串什么话,自然也是责备母亲的。仍见没有任何回应,他谁也没看,嘶哑着嗓子,有气无力地,赌气似的,但又像是经过了深思熟虑,自顾自地吐出了一句话:"是你们帮我,还是我自己动手?"

这话虽然听着虚弱无力,但其威力却不亚于一颗炸弹。我们瞬间就明白父亲要干什么了。原来他将我们召集到身边,就是为了宣布这样一件事情。我们无不用一种疑惑、责备而又难以置信的眼神望着他。因为某种看不见的恐惧在房间里迅速蔓延,我们都微微颤抖起来。"谁能这么狠心无情,你这是教唆我们犯罪……真那样了,我们还能在这个地方生活得下去吗?"母亲不安的声音终于打破了沉默。

我们带着哭腔附和母亲，语气都像是在质问。

父亲坐在我们中间，最后一次像家长一样坐在我们中间，耷拉着因睡眠严重不足而泛起黑色斑点的眼皮，默默忍受着我们的质问。过了半晌，他好像被潮水般巨大的倦意和疼痛同时袭击，终于生气而又绝望地闭上了眼睛。嘴角因为难以忍受的疼痛，扭曲地翘了起来，接着发出了低低的呻吟。

半年前，父亲就被来自身体内部的疼痛所绑架。那频繁发作的疼痛，像是不讲任何仁义道德的绑匪，昼夜不停地折磨着父亲，以至于他的脸、胸膛、脊椎乃至手臂和大腿，都缓缓地发生了变形。他吃过各种各样的止痛药，便宜的、贵的，用药量早已超过医嘱，但都收效甚微。两个月前，他开始央求医生注射吗啡。

我们带着某种并不明确的抱怨和难以名状的不安，集体起身告辞，并顺手拿走了房间里所有尖锐的物件和装有不明液体的瓶瓶罐罐，把父亲抛弃在一片开着灯的黑暗里。那个掌着灯的房间，像是悬置于时间中的一个子宫。

父亲没有给我们留下只言片语。

五

读罢父亲在日记簿中秘密记录下的文字，一连十余天，我对任何事情都提不起兴致。我始终觉得他之所以在第102页写下那样一句话，是因为他早已预知到他将要经历和面对的一切。这句话已经宣示了他的态度：他不会责怪我们，但对我们也不抱任何期待。想到这一点，我的心底再次涌出了无限愧疚。

我们都愧对父亲。母亲和兄长是否都会意识到这一点？即使父亲确诊以后，母亲也没有改变对他粗暴无礼的态度，生活上也极少予以悉心照料。我们反复叮嘱炒菜时不要放辣子和咸盐，可她依然如故。父亲多次到省城治疗，兄长仅仅探望过一次，而且来去匆匆。那年春节，明知父亲病危，他却携妻带子去了丈人家。

我也没有尽到一个人子的责任。虽然我向公司请了长假，无论是在医院，还是在家中，都尽可能地陪着他，但是我从未试图打破横亘在我们中间的那堵墙壁，任由沉默肆意蔓延，如同村子里四处扩张的荨麻的阴影。直至他神秘失踪，我们也没有进行过一次正式的交谈。父亲半个多世纪的人生经历，无人倾听。

说到这里，我忽然想起两件小事。一个酷暑之日，我对奄奄一息的父亲说，种下的麦种已经发芽了，过不了几日，就可以用麦苗给他榨汁喝，说不定有奇效。父亲意志消沉地说出了一句箴言："钱不要花完了，到时候戏不好看。"另外一个日子,见他的精神状态每况愈下,我终于鼓起勇气,给他讲了好几个励志故事,鼓励他不要放弃,可是他却说:"活着没有什么意思。"

时不时闪现于我脑海的,还有父亲在第91页记下的"日记":"几乎是一夜之间,当年嗷嗷待哺的三个孩子就已长大成人,而且都拥有了自己的事业和家庭。这是我这个做父亲的最值得欣慰的地方。想起我们生活在一起时的那些日日夜夜,真是百感交集。他们像天使一样给我带来了无数意想不到的快乐,可我并不是一个合格的父亲。我没能像其他父亲那样,满足他们哪怕一点点的虚荣心。记得二十多年前,小儿子在集市上喜欢上了小商贩售的一双假牛皮鞋,眼睛都望穿了,可我不仅没有给他买,还把他臭骂了一顿……"

第95页的一段话,也让我莫名伤感:"年轻时,谁不想野心勃勃地干一番事业?但是随着孩子们的陆续到来,一切都无从谈起。当他们长大,我们终于有了自己的时间时,却无可奈何地衰老了。现在与同龄人聊天,都免不了感叹时间跑得比飞机还快。一眨眼,就是一辈子。上一代人已所剩无几,轮到我们了。"

一个皓月当空之夜,父亲的这番话让我想到自己已经三十多岁了,可依然碌碌无为,毫无建树,不禁喝得酩酊大醉。

父亲在那个傍晚莫名失踪的动机,我自认为寻找到了不少线索和旁证。但至于他究竟是如何做到从我们眼前悄然消失的,仍是一个不解之谜。因为我不能确定,他是否真的练成了穿墙术,而且达到了随心所欲的境界。

六

时间并非一直沿着既定的线性轨迹向前滑行。这是我们无意间发现的一个令人难以置信的秘密。那个清晨,我们打着哈欠从睡梦中先后醒来,总感觉哪里不对劲。原来,我们又回到了那年六月父亲失踪的那一天,而且不受控制地重复着我们已经做过的事情。四年前的中午,我看见一只蜜蜂扑通一声撞进屋檐下一面巨大的蜘蛛网,而这一天,同样的事情不可思议地再次发生了。

四年来杳无踪影的父亲,重新回到了我们的生活之中。这足以让我们产生某种失而复得的快慰之情。但他的情况并不比四年前好一些。从上午开始,他就被睡眠这块磁铁所深深吸引,嘴唇一刻不停地翕动着,额头上滚动着细密的汗珠,因此我们也就不能从他的口中套出任何有价值的线索。因为额外经历了许多事情,我们好像都产生了无所不能的幻觉,可事实上,我们对父亲的病情依然一筹莫展。

那个夕阳滚烫的傍晚如期而至。还是那几位邻居,像是受到神灵召唤似的,按照记忆中的次序和时刻,先后拜访我们家,站在院子一隅的阴影里和我们聊天。虽然时间久远,记忆日渐模糊,但他们要说的下一句话,总是会在我们的脑海里提前闪现。这是最奇妙的地方:我们好像获得了别人的记忆。

不用说,那起神秘的失踪事件给每个人都留下了阴影,因此我们在聊天之时都多留了一个心眼。尽管我们没有要求邻居们这样做,但他们个个心领神会。或许正因为如此,父亲在这个傍晚没能失踪,而是不幸地在那把躺椅上失去了呼吸。那几位站在院子阴影里和我们聊天的邻居,见证了那个悲伤的时刻。我们都无法解释,我们为什么又回到了这早已逝去的一天,而且面对的是全然不同的局面。

父亲的葬礼之后,我们怀着满腹疑问,谈到了那个神秘的日记簿。仍然沉浸在悲伤之中的母亲,凭借模糊的记忆在二楼一个光线昏暗的角落里,找到了那个表面落满了灰尘的"百宝箱"。但里边除了一撂生满了铁锈的工具外,什么也没有。倒是在另外一个地方——母亲当时存放日记簿的那个橱柜,我们在一本许久没有翻动过的相册里,发现了五张整整齐齐地叠在一起的日记簿纸。纸上写满了蝌蚪文,前后笔迹的颜色,一红一蓝。正是那个日记簿中散佚的十页日记。

父亲在这十页日记中言简意赅地记录了两件事情。一件是关于穿墙术的,另外一件,是关于时间的。相比前者,后者更令人难以置信。

那起神秘的失踪事件,至此总算水落石出,但我目前还不打算透露任何细节。

沙之书与巴比伦花园 |

一

有那么一阵子，我迷上了阿根廷作家豪尔赫·路易斯·博尔赫斯。为此，我不仅在网上书店购买了《博尔赫斯全集》，还想方设法搜罗了他各种版本的传记和谈话录。我在三个月内读完了他的全部著作，对《老虎的金黄》和《圣马丁札记》这两本诗集中的许多诗句印象深刻，对《恶棍列传》《布罗迪报告》《阿莱夫》这三本小说集中的一些篇章也十分偏爱。但最让我爱不释手的，还要数《小径分岔的花园》和《沙之书》这两部短篇小说集。正是这两本薄薄的书，让我暂时放下了对加西亚·马尔克斯和西格弗里德·伦茨的无限热爱。我实在是太喜欢收录其中的小说了，如《小径分岔的花园》《环形废墟》《另一个人》《事犹未了》《奇遇之夜》等，篇篇都称得上是不朽之作。在这些作品里，博尔赫斯运用极为经济的文字,构建起了一种近乎玄学般深奥、类似于教堂圆形穹顶一样的小说宇宙观——说他创造了一个独立存在的宇宙,我想也无可非议。它们中的任何一篇,都可以成为后来者创作的起点或灵感之源。有意思的是,我在阅读的过程中已然印证了这个观点。比如,我有充足的理由相信,英国作家伊恩·麦克尤恩那篇流传甚广的短篇小说《立体几何》,其创作灵感就来源于博尔赫斯的《圆盘》。这篇小说的篇幅极其短小,博尔赫斯在其中借自称是塞克金人国王的流浪汉之口,提及一个"只有一个面"的"奥丁的圆盘"(作者也将之称为"只有一个面的欧几里德几何学的圆"),并强调"全世界找不出另一个只有一个面的东西了"。而麦克尤恩在《立体几何》中,创造了一个同样在现实生活中不可能存在的"无表面的平面"。两个神秘的平面之间,显然存在着某种血脉上的关联。这是第一个例子。第二个例子,要从以博闻强识著称于世的中国作家邱华栋先生说起。他在一篇介绍奥尔罕·帕慕克的文章中谈到一件事情,他发现这位土耳其作家创作他第三部长篇小说《白色城堡》的灵感,来源于卡尔维诺的长篇小说《树上的男爵》第七章中的一段文字。无独有偶,我在反复阅读博尔赫斯的短篇小说《小径分岔的花园》时,也联想到了帕慕克先生另外一部长篇小说。长于多声部叙事的帕慕克先生,在这部小说中创造了一种十分独特的叙事结构，即每一章的最后一句话都是同一句话，无限重复的一句话。奇怪的是，我一直没有想起这部长篇小说的书名，手头一时又无书可查。而在《小径分岔的花园》这个短篇中，斯蒂芬·艾伯特在给余准博士介绍时间分岔的理论时，朗读了彭㝡小说中"同一章的两种写法"。"我还记得最后的语句，像神秘的戒律一样在每种写法中加以重复：英雄们就这样战斗，可敬的心胸无畏无惧，手中的钢剑凌厉无比，只求杀死对手或者沙场捐躯。"余准博士在证言中如是说。这即是一个显而易见的佐证。此外，我还怀疑智利作家罗贝托·波拉尼奥最令人称道的长篇小说《2666》（至于"21世纪最伟大的作品""超越《百年孤独》的惊世之作"这样的美誉，在我看来，多少有些不负责任）和瑞典作家加比·格莱希曼的长篇小说《永生之书》的创作灵感，均来源于《小径分岔的花园》，但尚未得出结论，因为我至今没有啃完这两个令人头皮发麻的大部头。至于其他无以计数的模仿之作，因缺乏创造性，实在不值一提。更有意思的是，博尔赫斯自己也会从旧作中汲取灵感，进而衍生出新的作品。比如，《沙之书》这篇短篇小说，实际上就脱胎于《通天塔图书馆》和《小径分岔的花园》。而追溯"沙之书"最初的源头，博尔赫斯好像在一个什么地方透露过，说是东方的某本书。可我无论如何也查找不到确切的出处。有一天我忽然意识到，之所以会出现此种模棱两可的记忆，极有可能是某次我重读《小径分岔的花园》时，由斯蒂芬·艾伯特对彭寓说的分析，联想到了页码无穷无尽的"沙之书"，而彭寓的小说不就是一本"东方之书"吗？不过，我们也有理由认为是《圣经》给了博尔赫斯灵感：沙之书，正是由一本花体字的威克里夫版《圣经》交换而来，之后它又被放到《圣经》留下的空当里；之前，它也是由一本《圣经》换来。而《圣经》在西方人的眼里，正是一本"全书"，是"所有书籍的总和"。当然，其灵感源头也有可能是阿拉伯民间故事集《一千零一夜》：因为他不仅在《小径分岔的花园》中提到"一千零一夜正中间的那一夜——山鲁佐德王后（由于抄写员神秘的疏忽）开始一字不差地叙说一千零一夜的故事"，在《沙之书》中也提到，"我"最终将沙之书藏在一套不全的《一千零一夜》后面——这个细节自然是富有寓意的。甚至也有可能是"从前有座山，山里有座庙……"，只是无从考证博尔赫斯是否听说过这个中国童谣。正因如此，我对博尔赫斯笔下的永恒之书或曰无尽之书产生了浓厚兴趣。虽然他心目中的那本"循环不已、周而复始"的沙之书，最终指向的是图书馆（此处并非实体图书馆，而是一个概念）、时间和上帝（他在《通天塔图书馆》中，说，"那部循环的书是上帝""图书馆是无限的、周而复始的"；而《沙之书》中的"我"偷偷将沙之书放到了国家图书馆地下室的一个搁架上），它不可复制，更不可能被谁创造，但我还是在他的小说中发现了好几种写作"沙之书"的方法。

二

我想到父亲。一个夏日的清晨，他在电话里神秘兮兮地告诉我，他梦见了一座比魔鬼还要奇怪的花园。花园高悬于空中，像星球一样恒久地固定在同一位置。刮再大的风，它也不会像氢气球那样晃动。花园中间矗立着层层叠叠的建筑。亭台楼阁，朱红长廊，葳蕤绿植，假山花草……曲径通幽，绿影扶疏。我告诉他，这是空中花园。是的，我第一时间想到的就是被誉为"古代世界七大奇迹"之一的巴比伦空中花园。父亲对花园的描述与我对空中花园的想象非常一致。事实上，空中花园是否真实存在，至今依然是一个未解之谜。因为到目前为止，人们在所发现的巴比伦楔形文字泥版文书里，并没有找到确切的相关记载。而在假定其真实存在的前提下，历史学家对于空中花园的遗址所在地和建造者也存在相当大的分歧。牛津大学东方研究所的斯蒂芬妮·达蕾博士就认为，传说中的空中花园实际上建于古亚述王国首都尼尼微，而非传说中的新巴比伦。其建造者也不是新巴比伦国王尼布甲尼撒二世，而是亚述王西拿基立。这一观点的提出，颠覆了我们的固有认知。此外，据说空中花园也并非真正悬于空中，而是采用立体造园手法，将花园建于高高的平台之上，远看犹如悬在半空而已。这多少让人有点失望。但是父亲并不知道空中花园，更不知道早已消失于历史迷雾中的巴比伦王国和古老的两河流域文明。"哦——空中花园。"他若有所思地回应，像是为他的梦境找到了一个理想的落脚处，一个准确的命名。他是一位乡村建筑师。在过去漫长的岁月里，他在镇上主持设计并修建了许许多多房子和花园。当我们偶尔在小镇上旅行，他对那些房子和花园指指点点的时候，步履轻盈得就像要从马路上飘起来。还有比这更厉害的秘密。多年前的一个下午，我们无意间在一只平时无人问津的抽屉里，翻找出一张边缘布满油渍、页面被虫子蠹噬，但折叠得整整齐齐的设计稿，方知父亲在二十二岁那年，竟在邻镇参与过亚洲第一高桥的建设工作。然而，随着时间的流逝，父亲储存的成就感和某种无形的荣誉，正渐渐淡化乃至消失。这都归结于他所设计、修建的那些房子和花园并不能永存。人们的审美观念总是变化着的，过去年代的建筑式样，也就理所当然地被认为跟不上时代潮流，而被废弃或拆毁。没有人愿意生活于光线日渐暗淡的老房子里，也没有人愿意固守一座凋敝残破的花园。邻镇那座坚固无比的拱形大桥，也在十年前被另外一座外观更为漂亮的大桥替代。它们的命运，让父亲感受到某种失落。好像他的过去，都被难以捉摸的审美观念一票否决而成了空白。因此，他时常流露出像暗河一样激荡于内心的秘密：倾其余生建造一座永恒的建筑。作为一名乡村建筑师，他隐秘的野心昭然若揭。只是在此之前，他一直没有考虑清楚到底要建造一座什么样的建筑，或是没弄明白什么样的建筑才具备永恒的属性。而现在，他立即有了主意。他从昙花一现的梦境中汲取了灵感。"我要在现实生活中建造一座空中花园。"他在电话那头铿锵有力地宣称（此时他应该还小幅度地挥舞着拳头，我感觉到了那种颤动着的波澜）。我很想告诉他，那是不可能成功的，但终究没有说出口。自从再也无人请他去修建房子和设计花园以后，他已经够消沉的了，每天清晨起床后的第一件事，就是站在橱柜前咕噜咕噜地灌一口闷酒。我不忍心伤害他。就这样，父亲重新燃起年轻时候的激情，甚至有过之而无不及，从这个清晨开始了空中花园的设计工作。他冥思苦想三年，绘下了无数张设计稿。那些无人能够看懂的设计稿堆满了房间，压在最下层的，纸张已经发黄（有些还被老鼠咬成了碎片），而且散发出了奇怪的气味，母亲为此怨声载道。可他依然没能解决最关键的问题：如何让花园飘浮于空中。也就是如何让花园摆脱地心引力。这个世界性的难题，日夜折磨着他，以至于两鬓白发丛生。有一天,他忽然兴高采烈地对我宣布:"我想到了一个绝妙的主意。"原来是热气球。或许是从一部探险电影里受到启发,他打算购买一批热气球,把它们升到空中连成一片,然后通过天梯把建筑材料运送上去。只是这个方案面临不小的风险:万一热气球不能承载花园的重量,岂不是功亏一篑?何况使用热气球,就得源源不断地燃烧燃料。这可是一个无底洞。然而父亲并没有考虑这些因素。他抛下一切繁琐事务,抛下家庭责任,狂热地投入到前期的准备之中。他瞒着母亲到银行取出了他们唯一的一笔存款,订购了二十四个热气球。谁也不知道他是从哪儿打听到订购渠道的。当二十四个热气球被快递公司的车队运送到家里的时候,引发了一阵骚动。成百上千的陌生人涌到我们家,参观他们从未见识过的新奇事物。母亲气坏了。在过去的婚姻生活和家庭生活中,她一直忍气吞声,但是这一次,她实在是忍无可忍——她都快爆炸啦!就在父亲像一位能言善辩的演说家那样——准确一点说,更像一个蹩脚的推销员——聒噪不休地向围观者介绍热气球的用途并绘声绘色地描述那个尚且存在于他脑海中的花园时,她怒气冲冲地把他所有的设计稿扔到河边的一块空地上,付之一炬。父亲正沉浸于巨大的虚荣里和丰赡的幻想中,对这件即将给予他致命一击的事情毫无察觉。当他终于沿着人们疑惑的目光发现有什么地方不对劲时,他花费三年心血绘制而成的设计稿,早已变成一堆灰烬。他豁着露出一个黑洞的嘴巴,垂着微微颤抖的双手,艰难地踱至河边,目光呆滞。那堆发白的灰烬没有显现出他梦中花园的形状。二十四个还没来得及派上用场的热气球,也被母亲悉数没收——她雇人把它们码在河边,远远望去像一堆巨型蘑菇——并禁止父亲靠近。父亲承受不了这样的打击,从此一蹶不振。

三

我想到父亲。一个夏日的清晨,他在电话里神秘兮兮地告诉我,他梦见了一座比魔鬼还要奇怪的花园。花园高悬于空中,像星球一样恒久地固定在同一位置。刮再大的风,它也不会像氢气球那样晃动。花园中间矗立着层层叠叠的建筑。亭台楼阁,朱红长廊,葳蕤绿植,假山花草……曲径通幽,绿影扶疏。我告诉他,这是空中花园。是的,我第一时间想到的就是被誉为"古代世界七大奇迹"之一的巴比伦空中花园。父亲对花园的描述与我对空中花园的想象非常一致。"哦——空中花园。"他若有所思地回应,像是为他的梦境找到了一个理想的落脚处,一个准确的命名。他是一位乡村建筑师。在过去漫长的岁月里,他在镇上主持设计并修建了许许多多房子和花园。然而，随着时间的流逝，父亲储存的成就感和某种无形的荣誉，正渐渐淡化乃至消失。这都归结于他所设计、修建的那些房子和花园并不能永存。因此，他时常流露出像暗河一样激荡于内心的秘密：倾其余生建造一座永恒的建筑。

作为一名乡村建筑师，他隐秘的野心昭然若揭。只是在此之前，他一直没有考虑清楚到底要建造一座什么样的建筑，或是没弄明白什么样的建筑才具备永恒的属性。而现在，他立即有了主意。他从昙花一现的梦境中汲取了灵感。"我要在现实生活中建造一座空中花园。"他在电话那头铿锵有力地宣称（此时他应该还小幅度地挥舞着拳头，我感觉到了那种颤动着的波澜）。就这样，父亲重新燃起年轻时候的激情，甚至有过之而无不及，从这个清晨开始了空中花园的设计工作。在三年时间内，他建造了不少于九个奇形怪状的花园。比如建造在两棵大树上的花园（外形更像树屋），建造在六根圆形石柱上的花园，建造在大河之上的花园（此花园漂浮在河面，永不沉没）……但没有一个花园，像梦中那样高悬于空中，而且大都失之简单，唯有建在六根圆形石柱上的那个立有一座小巧玲珑的六角凉亭。经历了无数次失败之后，不知是母亲阻止了他，还是他自己感到了厌倦，他在一日之间毁掉所有的花园，回归到家庭生活。他以为会遗忘过去三年所经历的荒诞不经的一切，但是三年前的那个梦境，依然时时造访——只是这时，那个花园仅仅剩下了一个模糊的轮廓；抑或是其他梦境，而父亲总是会联想到那个在记忆里日渐模糊的花园。终于有一天，他忍不住告诉我："我发现了一个一劳永逸的办法。""什么办法？""我要在梦中修建那个花园。""它不是已经出现在您的梦境中了吗？""它是出现了，但已变得模糊一团，而且它终将消失。如果我自己修建一座，它就将永远存在于我的脑袋里，就像我身体的一部分。"这是一份苦差事。虽然梦境很容易地解决了地心引力的问题，但花园也需要像在现实生活中那样一砖一瓦地进行修建，马虎不得，否则随时会面临坍塌的危险。如果发生坍塌事故，梦境就不复存在。更重要的一个问题是，如何保证每天晚上都能进入同一个梦境，而且确保前一晚的工作依然存在，不需要每天晚上都重新开始。父亲很显然克服了这些障碍。后来据他说，是一位通灵者传授给他分离梦境和保存梦境的方法。通灵者说，我们所做的梦，其实都分门别类地保存在不同的保险箱里。每一个保险箱，都相当于一个独立存在的时空。而只要知道打开保险箱的密码，我们就可以重返梦境。如此这般，每一个梦，都像时间和河流一样，永无止境，可以一直做下去。父亲的工作进展顺利。八年零八个月后，他欣喜若狂地告诉我，花园的基础工程已经完成，并诚挚邀请我到施工现场去参观。我认为他疯了。我怎么可能跑到他的梦里去呢？但是在他的坚持下，我竟莫名其妙地动心了。我反复观看《盗梦空间》，阅读《梦的解析》，试图从中找到一些切实可行的办法，然而一无所获。一个辗转难眠的夜晚，我突然想到，我们不时梦见亲人、朋友乃至陌生人，并与他们共同经历一些在现实生活中不可能发生的事情，仅仅用"日有所思，夜有所梦"来解释未免过于草率。它或许佐证了一个猜测：人与人在现实生活之外，是存在相遇的可能性的。而相遇的方式，就是通过梦境。也就是说，我们的梦境存在交叉的可能性。进一步言之，我们是否时常在某种神秘力量的推动下，与他人在同一时间进入了一个与现实生活平行的时空呢？只是对于这一经历，往往只有一个人意识到了，而其他人并没有留下任何记忆。那么，怎样才能找到那个交叉点，继而进入对方的梦境呢？正是一筹莫展之时，父亲又去拜访了通灵者，并快递给我一个刚好可以握在手中的小东西。这个看上去只可能在梦中出现的小东西，模样过于古怪，只有三个平面，据说是进入他人梦境的媒介。通灵者说，两个人选择在同一时间睡眠，并将这个媒介握在手中，就会进入同一个梦境。我将信将疑地与父亲约定时间做了一回实验，果然进入了他的梦境。那是一个混沌的空间，却又依稀见得到我们小镇的轮廓。沿着数百步石阶拾级而上，我见到了父亲正着手进行的那个浩繁的工程。他在空中建造了一个圆形花园。这个已经初具规模的花园,不禁让我想到《小径分岔的花园》里提到的迷宫。同一时刻,祖父讲述的那些有关向家大院的传说,也神奇地在我耳畔回响。向家大院在全盛时间,建有十九座八角凉亭,无以计数的房间彼此勾连。俨然一个巨型迷宫。两者之间是否存在某种神秘的关联呢?在《小径分岔的花园》里,博尔赫斯借斯蒂芬·艾伯特之口否定了真实迷宫存在的可能性。除了明虚斋所处的那个错综复杂的花园,在彭寏广阔的地产中间,谁都没有找到迷宫。斯蒂芬·艾伯特认为,那部小说才是彭寏精心盖就的一座迷宫。小说和迷宫是同一件事情。博尔赫斯在一次演讲中,以英国浪漫主义诗人华兹华斯的经历为例,也阐述过相似的观点:"贝都因人走开了,华兹华斯看到那个贝都因人也是堂吉诃德,那头骆驼也是罗西南特(堂吉诃德的坐骑)。就像石头是一本书,号角是一本书一样,贝都因人也是堂吉诃德,而不是两者之一,而是同为两者。"而多年后的一个冬日,我在一本记述清代封疆大臣的史书中发现了一条至关重要的线索:彭寏任云南总督期间,曾与一位名叫向启瑜的读书人过从甚密。向启瑜是彭寏总督府的座上宾。他们经常在一起切磋棋艺,月下酬唱。即使在彭寏辞去云南总督一职以后,两人仍有书信往来,而且向启瑜极有可能在明虚斋小住有日。向启瑜何许人也？我的远祖。正是他，在十九世纪中叶主持修建了赫赫有名的向家大院。两者之间的关系不言而喻。

为了建造这座花园，父亲花费了余生所有的时间。如此庞大的工程，施工者只有他孤身一人。他要到山中开采汉白玉石料，用鞭子将这些石料赶到施工现场，再使用锤子和凿子，将石料裁切得整整齐齐，并在其中两面雕刻上精美的花饰图案。这所有的一切，都需他独自完成。这个工程让他迅速衰老。十二年过去，父亲建造的空中花园终于接近尾声，而他已然变成了一个老态龙钟的老人。我受他之邀，再次前往参观了一番。那真是一座足以令世界上最顶尖的建筑大师都瞠目结舌的建筑。那个花园飘浮于空中，远远望去，简直是一个缩小的地球。那是一个接近球体的圆形花园，任何一处细节都经得起推敲和斟酌。圆形广场连接着朱红长廊，朱红长廊连接着八角凉亭，八角凉亭连接着圆形广场，圆形广场连接着朱红长廊……如此循环不已，周而复始。当你置身于花园，顿时就失去了方向感，不知道哪里是起点，哪里是终点。那是一座真正意义上的迷宫，永远也走不出去的迷宫。

"还差最后一道工序，花园就算竣工了。"父亲神采奕奕地说。可是在这个节骨眼儿上，身体早已垮掉的他，忽然生了一场大病，而且预感到来日无多。我对他说："那您赶紧完成收尾工作吧。"他说来不及了,还有更重要的事情等着他去做。"我要去收脚印。把这一生的脚印都收集起来。"而他这一生走南闯北,去过那么多个省份,去过那么多个地方,收脚印,也是一个大工程,而且这个工程也只能由他独自完成。没过多久,父亲在一个夏日的黄昏安详离世。我以为再也见不到那个花园了。但是有一天晚上,父亲忽然闯进我的梦里,再一次把我带到了施工现场。那真是一件完美的杰作,比阿拉伯人根据后来的文字记录复原的那个花园漂亮多了。"最后一道工序究竟是什么?"我好奇地问。然而父亲充耳不闻。他可能认为这个问题并不重要。或许就是清理石渣子而已。"我原以为在梦中建造一座花园,它就能像天上的恒星一样永远存在,可是我忽略了最重要的一个问题,那就是人的生命是有限的。"父亲望着花园里正在吐露芬芳的花草叹息。他的容貌并没有停留在那个黄昏,而是比先前更苍老了。他扶着栅栏,沉默半晌,忽然做出了一个重要决定,沉吟道:"我把花园赠送给你。这或许是让它永远流传下去的唯一方法。"我认为这很荒诞。这怎么可能做到呢?然而,这座精美绝伦的花园,现在就完好无损地存在于我的梦境里。

四

我想到父亲。一个夏日的清晨,他在电话里神秘兮兮地告诉我,他梦见了一座比魔鬼还要奇怪的花园。花园高悬于空中,像星球一样恒久地固定在同一位置。刮再大的风,它也不会像氢气球那样晃动。花园中间矗立着层层叠叠的建筑。亭台楼阁,朱红长廊,葳蕤绿植,假山花草……曲径通幽,绿影扶疏。我告诉他,这是空中花园。是的,我第一时间想到的就是被誉为"古代世界七大奇迹"之一的巴比伦空中花园。父亲对花园的描述与我对空中花园的想象非常一致。"哦——空中花园。"他若有所思地回应,像是为他的梦境找到了一个理想的落脚处,一个准确的命名。他是一位乡村建筑师。在过去漫长的岁月里,他在镇上主持设计并修建了许许多多座房子和花园。然而,随着时间的流逝,父亲储存的成就感和某种无形的荣誉,正渐渐淡化乃至消失。这都归结于他所设计、修建的那些房子和花园并不能永存。因此,他时常流露出像暗河一样激荡于内心的秘密:倾其余生建造一座永恒的建筑。作为一名乡村建筑师,他隐秘的野心昭然若揭。只是在此之前,他一直没有考虑清楚到底要建造一座什么样的建筑,或是没弄明白什么样的建筑才具备永恒的属性。而现在，他立即有了主意。他从昙花一现的梦境中汲取了灵感。"我要在现实生活中建造一座空中花园。"他在电话那头铿锵有力地宣称（此时他应该还小幅度地挥舞着拳头，我感觉到了那种颤动着的波澜）。就这样，父亲重新燃起年轻时候的激情，甚至有过之而无不及，从这个清晨开始了空中花园的设计工作。可是多年过去，那座花园仍然只是存在于父亲的幻想中。这些年里，他一直被繁琐的家庭事务所缠绕，被母亲鸟鸣一样的啁啾声所困。母亲总是像一个指挥官那样，指挥他干这干那，他不得不服从。我们家，一直是母亲说了算。而母亲的脑子里，总是会冒出许许多多奇奇怪怪的想法。很多想法，实际上跟在梦中修建花园一样，显得荒诞不经。直至花甲之年——在我们都已长大成人、母亲不再执迷于那些变幻莫测的想法之后，父亲才获得了一点属于自己的时间。可他打算建造的，并不是什么空中花园，而是一个阶梯式花园。这一点倒是与巴比伦花园的设计理念相吻合。"我知道那是不可能实现的。经过这么多年的沉思默想，我不得不面对现实。梦终究是梦。"父亲惆怅地说。所以，他选择了一种最实用也最经济的建造方法。在他去世前，那个花园已经初具雏形。他已经在花园最顶部的那一级台阶上种上了奇花异草，边缘地带辅以月季和四季常青的绿植。每年春夏之交，花园里奇异的芬芳，总会将整条河谷的蝴蝶吸引而来。它们围绕着花园翩翩起舞,刮起阵阵色彩的旋风。至于第二级台阶怎么设计,父亲也已了然于胸。有一次,他说,"我要在那里修建一座八角凉亭。"然而他去世不久,母亲就雇人用砖块把那个台阶围起来,在里面喂养了一群咕咕直叫的鸡。那个原本要铺上好几条鹅卵石小径的花园,变成了名副其实的鸡圈。

五

我想到父亲。一个夏日的清晨,他在电话里神秘兮兮地告诉我,他梦见了一个比魔鬼还要奇怪的花园……

白色灯塔 |

一

父亲托人捎回一个口信：他到一个叫明月岛的地方办事去了，让我们在家里等他。即使他一时半会儿回不来，也千万不要贸然去寻找。捎信人是一个体形壮硕、举止鲁莽的外乡人，皮肤黝黑，牙齿洁白，像是长期生活于加勒比海地区的渔夫。他完成任务，不及我们询问他从哪里来到哪里去，便从我们眼前谜一般地消失了。他宽阔如熊的背影在那条发光的马路上消失很久以后，母亲还失神地站在空荡荡的庭院里。她眼睛里活力四射的光芒渐渐枯涸。她微微颤抖的双手还摊在下垂的胸前，好像蜷曲的手掌里摊着一张皱皱巴巴的信纸。事实上，那只是一个口信，只需刮来一阵微风，它就会被吹落到不远处浑浊的河面上，同湍急的河水一道流逝无踪。

时间过得飞快。一晃十年过去，父亲仍然没有回来，也没有任何音信。他离开家时，我们兄妹都还年幼，而现在，就连最小的妹妹也比母亲高出一头了。我已年满十八周岁，下巴上冒出了又硬又粗的黑胡须，吞咽食物或唾液的时候，漂亮的喉结上下滚动。这十年来自然发生了许多事情，最严重的一件，莫过于我们兄妹像父亲栽种在庭院前的梧桐树一样噌噌噌地长个子时，母亲却完全变了一个人。她不再像往日那样快人快语，而是终日比河边黑色的岩石还要沉默，像一道影子在河边和厨房里无声飘移。每天深夜，都会有凝重的叹息声，从那间窗户终年紧闭的卧室中传出。刚至不惑之年，她已头顶一头毫无光泽的银发。是流言蜚语把她击倒了。邻居们都说，父亲抛弃了我们。他们甚至还言之凿凿地声称，这么多年不回来，父亲一定是重新组建了家庭，"说不定还生了孩子"。

八月的一个清晨，我揣着一沓用一百只鸭子从牲口贩子手中换来的钞票，告别母亲和弟弟妹妹，踏上了寻父之旅。九月，我就要到远方的一座城市上大学了。我信誓旦旦地对母亲说，在此之前，我一定把父亲带回家，不管他是死是活。是的，有时候，我们都认为他已经死了——不然他为什么不回家呢？在我们共同的记忆中，父亲是一个信守诺言的人，虽然他偶尔也会恶作剧般地撒一个谎，但那也只是为了给我们带来更大的惊喜。有那么几年,他一直在邻村工作,可即使再晚,我们都会等到那一阵熟悉的踏破夜色的脚步声,紧接着是一阵令人欢欣鼓舞的敲门声。无数个百无聊赖的夜晚,我们都是在等待父亲回家的信念中度过的。可是有一天,他只是托人捎回一个真假难辨的口信。

这是注定一趟艰辛的旅程。在我们这个拥有五万人口的小镇上,没有一个人能够说清楚明月岛究竟在哪里。包括那位住在小镇最西边的百岁老人,他年轻的时候做过好几年水手,到访过许多远方的城镇;还包括邮政所的一位热心职员,他戴着眼镜翻遍那本破破烂烂的标注着邮政编码的书籍,也没有查询到任何线索。他们都只是含糊其词地说,既然是岛,肯定漂浮在河流上。这也是这十年来,母亲没有去寻找父亲的原因。她一直在小镇上循规蹈矩地生活,没有去过比娘家更遥远的地方,对陌生世界充满了本能的恐惧;何况,我们也离不开她的照顾。那么,明月岛是漂浮在流经小镇的这条河流上吗?没有人能给出确切答案。

启程的前一天,我独自在河边从下午坐到了天黑,直至满天星斗浮出河床时才起身回家。这是一条宽阔的大河,天气晴朗的日子,河面总是波光闪闪。偶尔可见一条油漆斑驳的渔船突突突地犁过河面,柴油燃烧产生的黑烟总会塞满鼻孔,用食指一掏,指肚上便黏满黑色的灰烬。对岸沿河而建的房子，像是用泥巴捏出来的模型。河流的下游消失在拐弯处。那里闪烁着一条神秘的金色光带。有那么一个瞬间，我好像在那条金色光带的边缘看见了父亲的脸。可不及定睛细看，那张脸就已随风而逝。事实上，我对父亲的印象已经越来越模糊。他的形象，就像被波纹揉碎的倒影，很难再通过记忆将之还原成一个整体。而他也不曾留下一张照片——我们都不喜欢照相。在小镇上，人们执拗地认为，每照一次相，灵魂就会离开身体一段时间。而在这段时间里，照相者就会被魂不守舍的滋味所折磨。

二

我先是搭乘一辆破破烂烂的中巴车来到了陌生的县城——"到了县城再打听。毕竟那里人多。"平日里幸灾乐祸的邻居们替我拿主意。四个半小时的车程把我折腾得够呛。石子铺就的马路凹凸不平，中巴车一直像奔突在大河凶险的波涛之上，颠簸不已。我紧紧地抓着前排座椅的靠背，头晕目眩，脸色惨白。因为我的恶心难受，闷罐子似的中巴车不得不一次又一次停下来，直到我把胆汁都呕吐而出。面对其他乘客厌恶的神情和无声的指责，我第一次在灰暗的心底抱怨起父亲：这一切都拜他所赐。如果不是他十年前去了明月岛,我也就不用吃这样的苦头,我们也就不用面对邻居异样的目光,我们在学校也就不会受到同学的嘲讽,母亲也就不会因终日叹息而提前衰老。他当年究竟为了办一件什么要紧事,竟只顾得上托人给母亲捎一个口信?他为什么一去不返?他说去明月岛办事是否只是随口胡诌的理由?这些疑问,像可恶的苍蝇一样嗡嗡嗡地盘旋在我的脑海里。实际上,这十年来,我们一直被这些疑问深深地困扰着。只不过,谁也不曾公开谈论它们。而现在,它们一股脑儿地从某个黑暗地带冒了出来。

那条河流流经县城时变得更加宽阔浩荡,水流也不像我们镇上那么湍急了。河面上见得到笨重的挖沙船和货轮。货轮鸣笛时,整条河上都回荡着沉闷而压抑的汽笛声。下车后,我不顾一切地奔向河边——我期待在宽阔的河面看见一座形如明月的岛屿。可是河面上除了两艘灰色货轮和三条红色的挖沙船外,别无他物。我有点沮丧,一屁股跌坐到河岸滚烫的台阶上叹息。浑浊的河水像液态的琉璃一样缓缓向下游流去,携带着沿途的泥沙和无数秘密。在一阵恍惚中,我在波光粼粼的河面上看见了这十年来母亲带领我们度过的日日夜夜。那些没有颜色的日日夜夜,像另外一条河流,流经了我们的身体和生活。我们以及我们的生活都被那条河流悄无声息地改变了。我们都像母亲一样阴郁而沉默。

"明月岛在哪里？"

"您听说过明月岛吗？"

"怎么去明月岛？"

为了让终日郁郁寡欢并强迫自己像苦役犯一样工作的母亲重新振作起来，为了让这个家的色彩重新明亮起来，我决定撬开自己沉默的嘴巴，尽管这并不是一件容易做到的事情。从河岸开始，我鼓起勇气逢人便问。我以为生活在县城的人，都是见过大世面的人，没有他们不知道的事情。可是面对我的询问，他们都表现出惊人一致的茫然。"明月岛？"他们睁大好奇而又空洞的双眼，做出一副努力思索的样子，然后摇摇头，又摆摆手。他们匆匆忙忙地赶路，好像前边有什么要紧事正等着他们去处理。最后，一位教师模样的中年妇女告诉我，"你可以去码头问问，那儿都是跑江湖的人，说不定可以找到线索。"

码头与我想象中的样子大相径庭，十分破旧，像是几百年前的建筑。我赶到那里时，恰好有一艘白色游轮靠岸。游客们在下午四点的阳光下像鱼群一样涌出船舱，黑压压一大片。我怀着隐秘的兴奋，在出口处拦住他们，向他们打听明月岛，可他们并不像县城里的人那样友好。他们要么黑着脸，用警惕的眼神瞪着我，要么不等我开口，就一脸憎恶地走开了，好像我是一只嗡嗡鸣叫的苍蝇。他们肯定是把我当成了掮客或江湖骗子。那时，恰有两个穿着暴露的女人，站在离我不远的地方拉客。"住宿吗？五十元一晚。可以提供特殊服务。包您满意。"她们用暧昧的目光纠缠着男性游客，小声而又神秘地招徕生意。

码头很快归于冷清。我一无所获。她们也是。没有一个人搭理她们。

"小哥要住宿吗？"其中一个女人忽然像兔子一样蹿到我跟前，媚笑着问。

"不，不住宿。我是来这里找人的。"我回答的声音像蚊蝇一样微弱，脸和脖子却燥热起来。一条白而深的乳沟，在我眼前晃动。

"找谁呀？"另外一个女人也凑了过来，盯着我渗出汗珠的脸。

"我父亲。"我回答得更加不自然了。浓烈的香水味和白色的乳沟让我窒息。

"他去了哪里？"第一个女人漫不经心地问。

"明月岛。"我偷偷地吞了一口唾液说。

"明月岛？"两个女人几乎是异口同声地说，并会意地交换了一个眼神。

"是的，明月岛。"她们的反应，让我多问了一句，"你们知道在哪儿吗？"

"小哥,你真是交上好运了。那句古话怎么说来着?'踏破铁鞋无觅处,得来全不费功夫'啊。哈哈。"第二个女人神态暧昧地笑起来。

"明月岛在哪儿?"我急切地问。

"在姐姐们那儿。"第一个女人意味深长地冲我笑了一下,伸出水蛇一样缠绵冰凉的手,抓住我的胳膊,"姐姐带你去。"

我被这突如其来的亲密举动吓了一跳,条件反射般地把胳膊从她冰凉的手中拔了出来。好像她冰凉的手真的是一条水蛇。

"不相信姐姐呀?不信你看这个——"她慢条斯理地打开银色坤包,从里边掏出一张粉色卡片,在我眼前晃了晃,然后递给我。

我接过卡片,眯着眼睛扫了一眼,耳朵和脖子霎时就像着了火一样燃烧起来。我赶紧把它扔掉了。卡片上面,躺着一个近乎全裸的女人,一对巨大的乳房压迫着我的呼吸。她们没有骗我,卡片上面印着一行字:明月岛养生会所。

"怎么样,小哥?姐姐没有骗你吧?"第二个女人弯下腰,从地上捡起卡片,用大拇指和食指摩挲着卡片上的那对巨乳,暧昧地瞟着我。

"对不起……我……"我面红耳赤,语无伦次,不敢直视她们，转过身狼狈地逃跑了，差点栽了一个跟头。身后沉默了两秒，随即爆出一阵放肆而又妖冶的笑声。那阵笑声，跟码头上沸腾的阳光一样灼人。

三

我并没有跑远，而是跑进了售票厅。这大约是唯一能够打听到明月岛的地方。陈设简陋的大厅里没有几个人，显得很空，几把吊扇在头顶机械地旋转着。只有一个售票窗口，很快就轮到我了。那个呵欠连天的女售票员冷冰冰地回答了我——没有听说过明月岛，更没有去明月岛的轮船。我想再问一点什么，她却佯装什么也没有听见，埋头整理着票据。我垂头丧气地来到大厅门口，望着恍惚之间忽然变得宽阔起来的马路，一时不知道该往哪儿去。父亲究竟去了哪里？他为什么抛下我们不管不顾？各种委屈一时涌上心头，我的眼前升腾起一团雾气。

正是这时，一道无端产生压迫感的塔形影子向我移来。是一个穿着深蓝色制服的中年男人，身材魁梧，皮肤黝黑。当他站定在我面前时，我一下子就想起十年前那个受父亲之托为我们捎来口信的外乡人。正是那个人，毁掉了我们的生活。但在此刻，我却在心里想，如果眼前的这个人是他就好了。可到底不是。他的身上散发着一股浓烈的烟草味，牙齿发黑。而那个外乡人拥有一口洁白的牙齿。我不能确定这个人的身份，保安、船长，还是水手？面对他询问的目光，我也就不知道说点什么。

"小伙子，你要到哪里去？"他似乎一眼就识破了困扰我的问题。

"明月岛。"那身制服让我觉得他是一个值得信赖的人。

"你刚刚怎么没有去？"他的嘴角露出一丝狡黠的笑意。

见我一脸疑惑，他朝码头的方向努了努嘴："那两个美女——"

"她们……"我又羞又愧，脖子又跟着火了一般发烫。

"每个女人都是一座迷人的岛。你还不懂。"他意味深长地笑着感叹道。

"唔……您是码头的工作人员吗？"我盯着他的制服领子，猜测着他的身份。

"我？打杂的。"他摊开宽大肥厚的双手，撇了撇嘴。

"那您知道明月岛在哪儿吗？"我不抱什么希望地问。

"据我所知，许多岛都叫这个名字。离我们这儿最近的一个，在大河下游。是一座荒凉的小岛。岛上有一个渔村。许多年前，我曾在那儿歇过脚——我们的船抛锚了。"说完，他点上了一支烟，两缕烟雾从他的鼻孔里喷了出来。

"我该怎么去?"我掩饰不住内心的激动。

"没有直达船。你得先到S市,然后再打听怎么去岛上。应该有渡轮的。"他又吸了一口烟,似乎在纷繁如烟的记忆里搜索着上岛的路线与合适的词语。

就这样,我带着能够立即见到父亲的惊喜,不假思索地购买了一张前往S市的船票。由于当天已无船启程,我不得不在陌生的县城住上一宿。根据那个中年男人的建议,我走进了一条离码头不远的巷子,据说那里有价格便宜的旅馆。

巷子阴暗潮湿,一眼望不到尽头。我壮着胆子朝前走去,真的发现了一家旅馆。旅馆外边竖着一块牌子,上边写着:住宿,五十元一晚。我很顺利地拿到了一个房间的钥匙。打开房门的瞬间,一股浓烈的异味扑面而来。床单上污渍斑斑,应该是很久没有换洗了。但是一想到很快就可以见到父亲了,没有我不可以忍受的。这十年来,生活教给我们最多的知识,不就是"忍受"二字吗?

那天晚上我睡得并不好。我好像还坐在那辆破破烂烂的中巴车上,一路上天旋地转,随时都有可能被颠出车窗外,湍急的河面隐约可见。我牢牢地抓着床沿。不知道什么时候,我被一个女人的叫声吵醒。好像就在隔壁房间。女人痛苦地呻吟着,声音越来越大,越来越尖厉,足以穿透黑夜的帷幔和所有房间。还有一个男人的喘息声。他嗷嗷嗷地压着嗓子,像猪一样叫唤,像是正抡着拳头揍人。细听之下,果然伴有肉体被巴掌拍击时发出的声响,十分响亮。

我以为是一对夫妻在打架,不好干涉。但那个女人持续不停地呻吟着,好像即将死去。我担心闹出人命,于是忐忑不安地去敲隔壁的房门。随着呻吟声的戛然而止,一个周身只穿着三角裤头的中年男人怒不可遏地打开了房门:"谁呀?"

"你们不要打架了,有话好好说。"我怯生生地劝道。

"谁他妈的打架呀?给老子滚!"中年男人砰的一声关上了房门。

房门后传来一串女人放肆的笑声。

我想起白日里见过的那两个女人。

四

第二天上午九点,我登上了一艘白色游轮。虽然我从小就生活在河边,但还是第一次坐游轮。我一直站在甲板上,任凭像金属一样滚烫的阳光泼在我身上,热烘烘的河风吹乱我乌黑浓密的头发。我差点就忘记了此行的目的。我沉浸在某种难以抑制的兴奋之中:我好像生出了一对无形的翅膀,我的身体越来越轻盈,我就要迎风飞起来了……直到一对父子出现在甲板上时,我才想起自己肩负的使命和对母亲许下的承诺。我开始想象见到父亲时的情形。

十年过去,他还认得出我吗?我们相认了,彼此会说些什么呢?这十年来,他是如何度过的?是什么原因让他滞留在岛上?他就不想念我们吗?他会跟我回家吗?我不知道答案,也不知道该如何面对他。这个忽然在我们的生活中缺席的男人,让我们一直生活在他制造的阴影之中。我不能确定,见面后我会不会因为冲动而揍他两拳——替母亲,替弟弟,替妹妹,替我自己,也替他。

白色游轮抵达 S 市,已是次日凌晨两点。正是在这座陌生的城市,我放在双肩包里的钱夹,被两个戴着头盔的男人洗劫一空。那会儿我正独自行走在一条马路上,寻找着可以容身的旅馆,他们骑着摩托车尾随而来。在一个灯光幽暗之处,他们用匕首顶着我的腰部,抢走双肩包,把包里的东西倾倒在地上,翻找出钱夹,掏走了里面所有的钱,连硬币也没有放过。整个过程不超过一分钟。等我反应过来发生了什么事情时,他们早已消失得无影无踪——我被突如其来的恐惧吓昏了头,根本就来不及愤怒。好在那是夏日,好在我并没有把那沓用一百只鸭子换来的钞票都放在钱夹里。出发前,以防万一,我把一部分藏在了鞋垫底下。我没有继续寻找旅馆,而是在一把街边长椅上度过了人生中最艰难的几个小时。

我躺在那把漆皮剥落的长椅上，遥望星河，根本就没有心思睡觉。刚刚发生的抢劫事件仍让我心有余悸，同时也让我浮想联翩：父亲当年是否也遭遇过相同的经历？或许正是这个原因，他才迷失于异乡的街道。他是不是反抗了？我不敢继续猜想下去。我只要闭上眼睛，恐怖而又血腥的画面，就像幽灵一样在我的脑海里出没。但在黎明到来之前，我还是迷迷糊糊地睡着了。

我梦见了父亲。我已经有四五年没有梦见他了吧。自从他的形象随着时间的流逝逐渐模糊以后，我就很少梦见他了。即使偶尔梦见，我也看不清他的脸。这次也一样，我只看见了一个模糊的形象，但我非常确定，那个人就是父亲。他独自一人，在河边踽踽而行，非常孤独。眼看着他就要翻越一片长满灌木丛的山丘，我急忙喊了一声"爸爸"，他回过头来望了我一眼，随即变成了一团火。

我被父亲诡异的魔术惊醒时，越过一幢灰色建筑物的太阳恰好照在我的脸上。我挣扎着从长椅上坐起来，才觉得浑身的骨头都散了架。这是我十八年来第一次在户外过夜。以前，我是特别怕黑的。记得一个雪天，和父亲去姨妈家做客后回家时，暮色已至。我们忘了带手电，幸好有一轮明月。我们借着月色徒步穿越了好几座黑黝黝的森林、广袤萧索的无人地带和山脚下灯火如豆的村子，积雪与泥泞在我们脚下发出可怕的尖叫声。我一路上紧紧攥着父亲温暖的手臂，依然害怕得瑟瑟发抖。而现在，父亲杳无音信，生死不详，作为长子，我不得不独自面对各种棘手问题。我无法预测，接下来还会不会遇见比抢劫更恐怖的事情。

穿戴着橙色衣帽的清洁工，手握长柄笤帚在马路上旁若无人地清扫落叶。早起的行人，匆匆赶路，目不斜视。没有人注意我。我跑进一家早餐店，要了一碗热气腾腾的馄饨，并向伙计打听怎么去明月岛。哪里想到他竟回答得模棱两可："明月岛？应该有船过去的吧。"我没有继续问下去，而是闷头吃馄饨。这个操着一口外地方言的伙计压根儿就不知道明月岛，囫囵应付我罢了。付账后，我径直奔向了在一片金光中弥漫着柴油味的码头，那里才是我应该去的地方。可在那儿，人们都纷纷摇头，表示没有听说过这座岛屿。

我这时才为自己轻信他人的性格叫苦不迭——我一定是被县城那位身材魁梧、皮肤黝黑、身着制服的中年男人戏弄了。当天晚上那个在旅馆里像猪一样嗷嗷直叫、后来站在门口怒气冲冲让我滚的家伙，就有点像他——真是越想越像，越想越气。

"他妈的！"我忍不住骂了一句。

可我不甘心就这样放弃。哪怕是被戏弄了，我也要找到确凿的证据才肯死心。我改变了策略，不再做大海捞针那样的无用功。最终，我在一个年纪与母亲相仿的阿姨那里打听到了明月岛的位置——彼时，她正在码头附近的一条马路边兜售活蹦乱跳的草鱼，刚刚捕上来的。她的靴子上粘着好几根水草。

"在河流下游，"她抬起沾着鱼鳞的右手朝东边指了指，"岛上有一座白色灯塔。你沿着河岸的公路往东走上五六公里就到了，那里有渡轮过河。"

"哦——"不及向阿姨道谢，我就像一匹刚刚冲出圈栏的小马驹，迎着那轮湿漉漉的朝阳，沿着河岸狂奔起来。

五

远远地，我就看见了那座白色灯塔。说它是白色的，并不准确，因为我看见的一面，恰好是背阴面，所以它更像是一根黑色的巨型圆柱。它孤独地矗立在清晨波光粼粼的河面上，像是一个象征、一个隐喻。它长长的波浪形的不断变幻着的影子，也孤注一掷般地投射在河面。它有多少年的历史了？从我的角度看，好像是它维持着整座小岛的平衡。某个瞬间，我产生了一种奇怪的幻觉——此时此刻，我正沿着那道虚幻的影子，向白色灯塔奔去，而不是向明月岛奔去。

我尝试着理解这个幻觉。这可能与我对明月岛的复杂态度有关。在过去的十年间,我和母亲一样,曾成千上万遍地诅咒它。正是这座岛屿,让父亲忽然改变回家的计划,而托人捎回那个该死的口信。可我们又不分昼夜地默念它。自从那个下午开始,它就成了这个世界上唯一一个能与父亲联系起来的地址,也成为我们寻找父亲的唯一一条线索。在此之前,我们曾向无数人打听它的位置,而现在,当我真正见到它时,却对父亲捎来的那个口信的真实性产生了怀疑。他为什么要跑到这座荒凉的孤岛上来呢?那也许真的只是他随口胡诌的一个理由呢。

正因如此,我对明月岛的存在有点回避——我担心千里迢迢地寻找过来,却扑了一个空。这番推理看似合情合理,事后却证明并不是这么回事。

我气喘吁吁地跑到渡口时,并没有看见渡轮。河岸和明月岛之间,隔着一片宽阔的水域。我冲动得想要脱下衣裤游过去,但终究没有战胜内心的恐惧。我坐在树荫下等待渡轮的间隙,望着波光粼粼的河面、白色灯塔的倒影,回想起了父亲教我游泳的往事。

他是一名很有经验的游泳教练。那个时候,我只有五六岁吧。仅仅花了一个下午的时间,我就学会了狗刨式。三天之后,我就掌握了蛙泳的所有技巧。但是,我始终不敢独自下水。不管父亲如何鼓励我,我都不敢。我对水充满了天生的恐惧。那是一个神秘的陌生世界。如果是我一个人在水中，我很快就会被无穷无尽的幻觉包围，并迷失于幻觉的迷宫。我已经很多年没有游泳了。

除了那座高耸入云的白色灯塔，岛上还见得着好些白墙黛瓦的房子。每家每户的房子前都晾晒着白色渔网，鱼腥味隐约可闻。果然是一个渔村。如果父亲还生活在岛上，他住在哪栋房子里呢？他此时此刻正在做什么？他预感到会有这样一天吗？正当壮年的他，是不是也像母亲一样，披上了一头枯草般的银发？他是不是真如邻居们在背地里所说的那样，与另外一个女人生活在一起并生养了孩子？以前我不相信父亲会背叛母亲，背叛家庭。但是现在，我没有那么确信了。

我开始打退堂鼓。我想溜之大吉。可恰在这时，一条崭新的天蓝色捕鱼船，像拖拉机一样从下游闪烁着金色光芒的河面上突突突地开过来了。柴油燃烧的刺鼻味道，远远地钻入鼻孔。到得渡口，戴着草帽蓄着络腮胡的船老大，减缓船速，问我是不是要到岛上去。我犹豫了一番，最终点了点头。

船老大说，他恰好回家，顺带把我捎上。穿着一件迷彩T恤的船娘坐在床尾，冲我微笑了一下，露出一颗镶金的牙齿。活水舱里蹦跳着一片鱼肚白。

我跳上了船，同时跳进了一个扑朔迷离的故事之中。

六

十年前吧,秋天的一个清晨,岛上忽然冒出来一个三十多岁的男人,浑身湿漉漉的,胡子拉碴,操外地口音。我们都不知道他是怎么来到岛上的,那时还没有人出岛。他远离人们提防而又好奇的目光,在岛上四处转悠,像是在寻找什么,最后在东边的一块荒地上停下,用芦苇秸秆搭建了一个草棚,住了下来。

传教士吗?不像。他既不披黑色袍子,胸前也不挂一个亮晃晃的银质十字架。流浪汉吗?也不像。他看起来没有那么邋遢。村主任带着几个热心公共事务的村民前去交涉。这个外乡人说,他会离开的,只是在离开之前,他想完成一个心愿。村主任好奇地问他要完成什么心愿,他神秘地说,你们迟早会知道的。

村主任是一个沉得住气的人。他年轻的时候,在岛上争强好胜,打架斗殴无所不为,因为水性好,自称《水浒》里的"浪里白条"。有一天为了追捕一条大鱼,他被卷进这条大河中最凶险的漩涡,命悬一线之际,仇人甩过来的一条缆绳,他才捡回一条命,从此改邪归正,与人为善。他默许了这个外乡人的行为。

前两年，外乡人从早到晚只做一件事情，那就是把洪水从上游裹挟而来的石头和沙子从河底打捞上来，堆积在草棚前。日积月累，那片空旷之地出现了一座令人惊叹的石山和一片沙场。第三年秋天，他开始挖掘地基。我们都以为他要在那里盖几间房子，但他什么也不解释，只是闷头干活儿。他的胡子乱糟糟一蓬垂在胸前，头发乱糟糟一蓬披在肩上，活像个野人，但眼里迸射着奇异的光亮。

那是一幢我们从来没有见过的圆形建筑。根据雏形，有人猜测他在建造一座造型奇特的寺庙，将被用来供奉河神。也有人说他是在建造一座碉堡，用来在战争年代藏身。还有人异想天开地说，他是在建造仓库，用来储藏粮食。很显然，在我们这个世世代代以打鱼为业的小岛上，第一种猜测得到了大多数人的支持。

可是谁也没想到，这个孤独的外乡人花了六年时间，最终建成的竟然是一座高达百尺的灯塔。你瞧，就是我们现在看到的这座白色灯塔。它可不是一般的灯塔，而是一座可以爬上去的灯塔。它的内部，有一架设计巧妙、直通塔顶的旋转楼梯。站在塔顶，可以眺望到远方大海的脊背，大海就像一条硕大无比的青鱼。

有人问他，为什么要建造一座灯塔。你猜他怎么说？"根据梦境的指引。"还有人问，为什么要来明月岛建造一座灯塔，他还是说，"根据梦境的指引。"我们都认为他是一个疯子。只有疯子，说话才这么不着边际。也只有疯子，才会不远千里地跑到我们岛上，像苦行僧一样生活……

他现在可还在岛上？

灯塔建好后，他就离开了。

他去了哪里？

没有人知道。就像没有人知道他从哪里来的一样。

他叫什么名字？

也没有人知道。

悬置地带 |

你的故事

M离开后的第五天,也有可能是第三天,你想到了A。

你们已经很久没有联系了。没有联系的原因,自然是因为M。M是一个极其敏感的人,她对你的所思所想好像都洞若观火。某个星期六,A在午饭时间毫无预兆地给你发来一条问候语,恰好被M看到。"不要再跟她联系了。"M盯着你,用请求又像是命令的语气对你说。从此以后,你真的就很少与A联系了。本来,在你和A断断续续的交往中,你就一直处于被动地位,都是她主动联系你。何况,你也从未想过要与A发展成男女朋友关系。

而现在,当你主动联系A,并突兀地提出见面的要求时,确实让她大吃一惊。不过,她还是答应了你,并约定第二天下午六点半在Y城的火车站广场见面。尽管她的言辞间,流露出显而易见的不安与犹疑。

为了这个临时约定的见面，你并没有精心准备什么，更没有想到给 A 带一份礼物，只是将最近几日疯长起来的胡须潦草地收拾了一番，就在那天上午八点半跳上了前往 Y 城的火车。自然不是绿皮火车——那种哐当作响的闷罐子车早已退出历史舞台。是橘红色外壳的那种快车，但也快不到哪里去。到达 Y 城，需要十个小时。在这漫长的十个小时里，你有足够的时间回忆你和 A 交往的历史。

你们交往的历史，并不复杂。那年，你在 Y 城一家文学刊物上发表了一篇短篇小说，恰好被 A 读到了。可能是非常喜欢，也有可能只是单纯地想认识一位小说家朋友，她不知从哪里打听到你的通信地址，用那种带着薰衣草香味的信纸给你写了一封信。信的内容你早已忘却，但你仍记得信纸上娟秀而又谨小慎微的字迹，以及薰衣草的香味。也就是从这封信开始，你们建立了联系，并在这个通讯发达的时代成了带有绿皮火车意味的笔友。

A 是 X 省人，在 Y 省 N 城的一家电子厂上班。你们最初认识的时候，她正忙于参加南方某大学的大专自学考试，每个周末都需到 S 城学习。这是一个很有上进心的女孩，你自然在回信中给予了许多口头鼓励。或许使用的还是长辈般的口吻。实际上你们年龄相仿。在最初的回信中，你保持着一个小说家应有的礼节和风度，遣词造句绝不逾矩。但时间一长，你便对这种纯粹得近乎虚假的精神交往失去了兴趣，并不盼望A的来信。

可是A的信件仍然一封接一封地由邮差送来。她在信中给你讲述她家乡X省的传奇故事和工作上的烦恼，偶尔也会给你寄来几片在公园里精心挑选而来的落叶（你把它们插到书页里，做成标本），甚至还给你寄过一帧她自己和她弟弟的合影。她弟弟十七八岁，一脸青春痘，而她只见得到一个侧面。由她弟弟的五官和那个并不清晰的侧影，你判断她并不是一个美人。后来的见面也证实了这一点。这更加让你兴味索然，因此你的回信也就更加像是例行公事，繁衍了事而已。

但世界上的事情，很难说清楚。

正如很多时候你无法理解自己一样，也不知道从哪一次回信开始，你在字里行间设置重重烟雾与陷阱，流露出了引诱的意味。让你做出这一改变的缘由，就像A写给你的第一封信的内容，你怎么也想不起来了。或许是她先在来信中言辞暧昧，挑逗了你深藏于黑匣子里的某根神经。也有可能是你猜想她对你例行公事的回信并未失望，仍坚持给你写信，对你应该是心存某种非分之想的。当然，也有可能是你厌倦了这种索然无味的关系，企图借此让对方觉察到危险而自行终止与你的联系。总之,你在回信中的言辞越来越大胆露骨,近乎无耻了。可仍没有收到A的绝交信,这更加纵容了你。你多次邀请她到你生活的城市游玩,险恶用心不言而喻。可能是对你心存戒备,也有可能真如她在信中所说,工作太忙,抽不开身。如此三番五次地推辞之后,你再次失去了回信的兴趣。

就在你差点将A遗忘时,机会终于来临。A在一封信中告知,她决定在元旦期间来你所生活的城市看看。可你却深感惆怅,因为这时你已经与M同居。A来的那几天,正巧遇上雪天。作为正宗的南方人,A从小到大从未见识过真正的雪,非常兴奋。她抵达的那天下午给你发了一条信息:我住在临江的一家酒店,房间很宽敞,两张床。你盯着这条信息,读出了意味深长的暗示。这是你期待已久的,你的心跳骤然加速,周身血液都往一个地方涌去,紧张与兴奋兼而有之。你不禁设想了一番你们见面后的情形以及可能发生的故事。

车窗外飞驰而过的油画般的秋景和车厢内兜售饮料零食与狗皮膏药的叫卖声,多少让你有点分神,好不容易才把思绪收回到与A第一次见面的事情上来。那个新年的上午,你对M谎称,你要出去见两个朋友,一早就约好了的,中午回来。M一脸狐疑,从上到下把你好好地审视了一番,但还是放了行。她受了风寒,身体很虚弱。你允诺回来给她做午餐。

你拦了一辆出租车,朝着你们约定的见面地点飞奔而去。你的心情和你的身体一样紧张,像绷紧的鼓面,只需轻轻一击,就可能爆裂。你不知什么时候捏紧了拳头。手心里渗出细密而黏稠的汗液。幻想中的画面,尽管像梦境一样模糊不清,却仍让你呼吸急促、面容窘迫,像发酵的面团。

你从出租车上下来,远远地就认出了A。与你想象中的模样有很大差距,她比实际年龄显老,二十八九岁的样子,脸型确实与弟弟相似。可能是因为来自南方,并未预料到会遇上雪天,更未预料到雪天会这样冷,A只穿着一件薄薄的羽绒衫,单薄的肩膀瑟缩着,嘴唇哆嗦,发紫,眉梢上沾着细细的雪花。你在原地犹豫了一下,深吸一口气,走了过去。轻轻拍了一下她的肩膀,冲她礼节性地笑了笑。

你们就这样相见了。既未见出多少喜悦,也没有来一个热烈的拥抱,而是相顾无言,十分拘谨,不像认识两年的朋友。

那时正下着雪,可你们并未顺水推舟地走向那个摆放着两张床的房间,而是在你临时产生的某个念头的牵引下,不可理喻地踏着人行道上的积雪,走向了空无一人的江堤。呜呜哇哇的江风,扔来鱼鳞一样密集的刀片,切割着你们的脸颊。A全身都哆嗦起来。你故作绅士,要把外套脱给她。她跟没听见似的,对着那道枯瘦的江水喃喃自语:"好帅啊。"你没有搭话,而是带着她返回到刚刚见面时的那条街道,跺了跺鞋子上的雪泥,走进了一家餐厅。

你们在一个角落里面对面坐着,吃了一顿异常简单的午餐,几乎什么也没有说。好像该说的与该问的,都已经在信中说完了问完了。然后,你们在那条陌生的街道上分手。临别前,你象征性地拥抱了一下A。在她的身上,你没有闻到熟悉的薰衣草香味。然后,你拦了一辆出租车坐了上去。反光镜中,A不知所措地举起右手,机械地挥舞了两下,眼中泪光闪烁。你想,你们再也不会联系了。

确实有好长一段时间,A没再给你写信,可能有好几个月吧。可是有一天,你又收到她从南方寄来的长长的来信,不时还会收到一两条信息。

正因如此,M才有机会在那个星期六看到那条问候语,并正告你不要再与A联系。女人的直觉真是可怕,简直比雷达还要可怕。那个星期六,你在心底对自己说。事实上,还有比这更可怕的。

某次,你与M发生了争吵。M气咻咻地说:"你不要以为我不知道你在元旦那天做了什么。"你被一阵突如其来的惊悚捕获,脊背发凉。M跟踪了你,可你却毫无察觉。但也有可能只是因为怀疑而诈你。

你那天回家，确实有些心虚，做事说话都带有表演的成分。女人心细如发，捕捉到了你的异常。你做了好几道拿手菜，M却没怎么动筷子，都被你吃掉了。你的肚子撑成了一个皮球，真是活该。

在火车上，你想着这一次无论如何都不能错过机会。这几乎是你此番乘坐长途火车前去与A会面的唯一目的。M的不辞而别，让你被一种前所未有的挫败感所折磨。你意识到自己内心的邪恶，但你控制不住自己。那股邪恶的力量，如同魔鬼，在你的身体里左冲右突，让你彻夜不能安生。你需要把那个魔鬼释放出来。

会不会遭到拒绝呢？

你将脑袋靠在冰凉的车窗上，闭上眼睛，很快拟定了一个切实可行的方案：下午六点半，你和A在Y城火车站广场会合以后，乘车前往Y城西城区著名的泰国餐厅用晚餐，用时两个小时；再沿着游人如织的江边公园散步，用时一个小时；由于时间已晚，你们不得不入住酒店……至于后边的事情，应该是水到渠成般顺利。她既然同意与你在一座陌生的城市见面，而且是晚上，肯定已经做好了承受一切的心理准备。想到这一点，你的心和你的身体，与元旦那天一样，不由得紧张起来。某个地方，发烫，且微微颤抖。好像A

正站在你的面前。

火车准点抵达Y城。你怀揣着不可告人的秘密,在站前广场上见到了A。她早一刻钟到站。和上次一样,你们仍然没有像久别重逢的人那样拥抱,只是简单地寒暄了一下。或许是做贼心虚,你不敢直视她的眼睛。你的眼神一直躲闪着,说话也有点紧张。你们朝着一个未知的方向走去。

A走在前边,拎着一只黑色手提包,蓝色工装衬衣,黑色打底裤,粉色十字拖。她应该是刚刚从电子厂的流水线上下来,换了一双拖鞋而已。很不幸地,你在打量她的背影时,瞥见了她裸露的脚踝。那不是雪白的藕节,而是被南方的日头暴晒得棕黄的皮肤。你研究过女人的脚踝与颜值的关系,它们自然是成正比的。

见面之前,你试图在脑海里把A想象得漂亮一些,至少比元旦那天要好看一些,可是想象与现实很难达成一致。你好不容易积攒起来的热情,像秋日晚间的天气一样,瞬间降温。你开始打退堂鼓,却又心有不甘。或许正是从这一刻开始,随后发生的事情,偏离了原来的轨迹。

一个你永远也不会说出的念头,让你把那个行事缜密的方案抛之脑后,而是提议先找一家酒店住下。A似懂非懂地瞥了你一眼,默许了。你们坐上了一辆出租车。司机把你们载向了一个名叫象村的地方。在一座护栏上吐着金色芬芳的人行天桥下，你们下了车。你觉得这个地方似曾相识。真是奇怪，你以前从未来过。

你像一个象村人一样，凭着隐秘的记忆在前面带路。你们登上一架环形阶梯，穿过人行天桥，来到了马路对面。那里恰好立着一家快捷酒店的招牌。

你们在酒店门前停下，徘徊。你望向A。A沉默不语，右手紧紧攥着手提包的提柄。你伸出右手，试探性地搭向A的肩膀。她的身体本能地扭动了一下，就像被马蜂蜇了一口，脸上流露出痛苦的表情。你触摸到了她肩胛骨的生硬和身体的抵抗，但她还是在你手臂的推力之下，挪动了脚步。

面对酒店前台含义复杂的打量，你有点心虚，脸颊发热。A也低垂着头，咬着嘴唇，脸上飘浮着两团阴云。你们一点也不像情侣。你担心前台会报警，或者A忽然从酒店前厅跑掉。但这两种情况都没有发生。

你拿到了一张房卡。

你们乘坐电梯来房间所在的楼层，迎面是一条没有尽头、光线暧昧而且在中途数次分岔的走廊。走廊两侧都是深藏秘密的客房。你们钻进了一个由房间和数字构成的迷宫。你让A走在前边。你不去想她的脸和脚踝。你盯着她并不性感的臀部，酝酿着一场深刻的灾难。你的心和身体再一次紧张起来，好像全身上下所有的肌肉都拧在了一起。你无法预测，在那个未知的房间里究竟会发生什么事情。

A的背影越来越沉重，脚步越来越犹豫，终于停了下来。黑色的手提包垂到膝盖处，双手拎着。从两鬓披散下来的两绺头发，遮住了脸上确切的表情。你故伎重演，像在酒店门前那样，伸出手臂企图环着她的肩膀。"不要。"她很不情愿地耸了一下肩。她的肩膀简直和石雕一样僵硬。南方的女人，不是水做的吗？再这样走下去，连你自己都要放弃了。但你们已经来到房间门口。

你刷了一下房卡，推开房门，两张铺着雪白床单的床赫然立在眼前。你呼吸的节奏顿时变得紊乱。A站在门口，盯着床，踟蹰不前。你深吸一口气，把她拉入房间，顺手反锁上房门。A的手，像大理石一样冰凉。房间里没有沙发。你听到了心跳声，它们在房间里像银鱼一样四处跳跃。不知道是你的，还是她的。

A拎着手提包孤零零地站在房间中央，无助得就像是一个在无意中闯入审判庭并接受审判的女人。你又深吸了一口气，拉着那只冰凉的手，走到床边，按了按它主人的肩膀。你的手指触摸到了阻力。那像水草一样细密而又充满韧劲的阻力，让你有点茫然。你像个傻子一样，站在A面前，嘴里喷吐着白色的雾气。很显然，你想说点什么，却又不知从何说起。你的胸口起伏着沉重的波涛，眼里燃烧着呲呲鸣叫的火星。A紧紧抱着手提包，好像里面装着她的身家性命。

"你今天是怎么了？看起来怪怪的，是不是受到了什么打击？"对峙了一番，A终于问了你这么一句。但她并没有抬头。她在回避你的目光。她的嗓音颤抖。

"没有。"说完，你像个醉鬼，坐到她身旁，将手臂环上她的肩膀，另一只手试图去抚摸她的大腿，但遭到了拒绝。

"我要把第一次留给我未来的丈夫。"A将怀里的手提包抱得更紧了，一副哭腔，或许是因为恐惧。

在这件事情上，你其实还是一个新手。那只伸向A大腿的手，十分尴尬地滞留于半空，像一个小丑的分身。你很清楚，你不可能和她走到谈婚论嫁的那一步。

"只要两个人彼此喜欢，为什么还要这样人为地设置障碍呢？"你搬出了之前在回信中提及的那套无耻理论。

"不——我要把第一次留到新婚的晚上。"A坚持着自己的观点，并试图从你的手臂中挣脱出来。某个极其短暂的瞬间，你不无恶意地揣测，她是在以这样一种方式，要挟你或者说逼迫你做出什么神圣而又庄严的承诺。

你不可能答应，即使在这最关键的时刻。

确实是最关键的时刻。只要突破第一道防线，后面的事情就水到渠成了。可是A的防线比你想象中的要牢固得多。元旦前一天她给你发的那条意味深长的信息，让你误以为只要到了房间,她的防线就会不攻自破。当然,这也有可能只是假象。说不定再加把劲儿,她就半推半就了。于是,你把手伸向了她的衣领。你试图解开那件蓝色衬衣上的纽扣。另一只手也没有闲着。它伸向了衬衣下摆。

A就像一匹受惊的马驹,试图从你的手中挣脱出缰绳,她倒在床上,像蛇一样胡乱地扭动起来。这在无形之中鼓励了你。你的身体瞬间膨胀。你知道,那是你身体里的魔鬼,正在寻找突破口。此时的它,也像蟒蛇一样在你的身体里翻滚。在魔鬼的怂恿下,你神思恍惚地扑到A身上,全力以赴地去解她衬衣的纽扣……

一切都似梦里的场景。

是一声比尖刀还要锐利的尖叫,把你从梦中叫醒。不,是一阵嘤嘤嗡嗡的哭泣声,阻止了你的疯狂行动。你被这一幕超出剧本的剧情弄得措手不及,愣了一下,才扑火似的捂住了A的嘴巴,求饶似的示意她不要再哭泣。差不多是同一时刻,你缓缓地扭过头,惊恐地盯着房门。但既没有脚步声,也没有敲门声。

A喘着粗气,腹部和胸部起伏着,双手摊开,瞳孔渐渐缩小。你瞥见了她衬衣下摆露出的一小块腹部的皮肤,不是你想象中的那种雪白的肌肤。你身体里的火,像被水淋过一般,腾起一阵白烟。

"其实，我想今晚去江边公园散散步的。听说那里的夜景，很美。"她带着哭腔，对着天花板说。

你想，你是太猴急了。果然心急吃不了热豆腐。可是悔之晚矣。你拼命向她认错，乞求她的原谅，并提议一起吃晚餐，向她赔罪。A没有说话。她从床上坐起来，从手提包里掏出一包纸巾，抹干净了眼泪，整理了一番衣襟上因搏斗而造成的褶皱，扣上了已被解开的三颗纽扣，用手指梳理了一下凌乱的头发。

那顿丰盛的晚餐，吃得相当艰难。你们像元旦那天一样，面对面坐着，几乎没有说什么话。你不敢直视她的眼睛。刚才的事情，让你无地自容。你内心所有的秘密，都像火锅中腾着股股热气的鱼杂，暴露在了悬挂于你们头顶的那盏日光灯下。你在接受无言的审判。如果不是她的哭泣，你很有可能已经变成了强奸犯。坐在你们周围的食客，好像都知道了你的秘密。他们的眼神，充满了审判意味。

餐毕，A坚持买单，但还是被你抢了先。你预感到，这是属于你们的，最后的晚餐。

你们没再回酒店，而是各奔东西。A赶上了最后一趟回N城的夜班车。你也买到了一列夜行火车的卧铺票。

在那列开进无尽夜色的火车上，回想起这一天的荒诞经历，你就像《小径分岔的花园》中的余准博士在证言中所忏悔的那样，充满了"无限悔恨和厌倦"。

余准博士杀死了斯蒂芬·艾伯特，而你杀死了自己。

我的故事

M离开后，我过上了一段醉生梦死的生活。酒吧街所有的酒吧，都留下了我的身影。

有一天深夜，我在喝醉后，为了一个小妞，与一个手臂上文着一头孟加拉虎的红毛打了一架。他抓着我的头发，把我的脑袋往墙壁上狠狠地撞击了四五下。巨大而又沉闷的回声，从世界的另一极传来。作为回报，我则用一个啤酒瓶子打爆了他的脑袋。他前后左右摇晃好几下，才重新站稳脚跟，用手捂着脑袋。黑色的血液，顺着他的手臂，像糖浆一样淌下来。恐惧填满了他的眼睛。

酒吧里变幻莫测的灯光，让围观者的眼球闪烁出银色的虚无之光。不知道是世界碎裂了，还是我失聪了。喧嚷的嘈杂声，在某个瞬间神秘地消失了。只有一条抽象的河流，在围观者参差交错的身影上迸射出火花。我像一个失去重心的人，扒开浑身散发着荷尔蒙气息的男男女女，跌跌撞撞地迈向酒吧大门。

世界只是一片幻影。刚迈出大门，我就眼前一黑，像一截沉重的木桩，栽倒于硬邦邦的水泥台阶上。不可思议的是，我竟清晰地记得晕倒后的感觉，轻飘飘的，像一片羽毛，就要飞起来。

我不想再回忆后面的事情，譬如如何被酒保摇醒，如何接受警察盘问，等等。我尽可能地将这一段记忆从我的脑海里删除。但这件事情让我明白，我的生活必须重新开始。我不能再这么堕落下去了，堕落只会让人坠入罪恶的深渊。而我以为按下重启键的方式，不是发愤图强写几篇牛哄哄的小说，而是重新开始一段恋情。从哪里跌倒，就要从哪里爬起来。新的恋情，被证明是遗忘过去的最好方式。于是，在M离开一个多月后，我在一个天气晴朗的晚上，向B表白了。

那几天，我正在拉萨参加一个写作营。而那个晚上，我独坐于布达拉宫前的广场上，望着头顶钴蓝色天幕上触手可及的硕大星子，想到人生的缥缈虚无，继而被一阵深入骨髓的孤独感所包围。我打开手机上的通讯录，把数百个联系人从头到尾翻了一遍。我把目光定格到B的姓名上。她可能是目前最合适的人选。我调整了一下呼吸和情绪，拨响了她的电话号码。电话接通后，我们东拉西扯，说了一大通漫无边际的闲话，直到最后，我们都感到了某种困倦，我才十分突兀地告白："B，做我的女朋友吧！"B显然蒙了。电话那头像黑夜一样缄默不语。

B工作于本省一个交通闭塞的小镇。她是那个小镇上唯一一家新华书店的职员,每天的工作就是坐在收银台后边,等待顾客的光临,无聊透顶。至于我们是如何认识的,我建议你们不要再问这种愚蠢的问题了。事实上我也已忘得一干二净。可能是经人介绍,也有可能不是。这与我们经常在梦中遇到的情形十分相似——梦中的故事永远没有明确的开头,也没有确切的结尾。但有一点,我是非常确定的,就是在此之前,我们从未见过面,而且对彼此都知之甚少——我只知道她夏天刚刚毕业,考进新华书店系统,然后被分配到那个偏远的小镇上。

如你们猜测的那样,B最终答应了我的求婚,不,答应了我的请求。

我们开始了这段前途未卜的恋情。从确定关系后的第二天晚上开始,我们就煲起了电话粥。通话前,我往往会步行到公寓楼下的一架葡萄藤下,那里镶有一个半圆形的木条坐台。像一个小小的剧场。透过葡萄藤的枝叶,可以望见几颗若隐若现的星子和像萤火虫一样飞行的夜行飞机。

我们最初的通话小心谨慎,甚至有点冠冕堂皇,不怎么像恋人,倒更像是刚结识的异性朋友,偶尔还会陷入令人尴尬的沉默。但随着对彼此了解的深入,我们的谈话日渐亲密。

B生活于一个幸福的五口之家,除了爸爸妈妈,上面还有一个哥哥、一个姐姐。哥哥在深圳工作,姐姐已经出嫁。而且据她说,她还从未谈过一次恋爱。我起初并不相信。现在但凡在大学念过几年书的女孩子,有几个没有恋爱经验的?但是几个月后我们唯一的一次见面,证实了这一点。

一个月以后,也许是两个月,没有一个准儿,我开始频频提及见面的事情。在拉萨的那个晚上,我因为一时冲动,并未认真想过距离的问题。B当时似乎有所顾虑:"孔先生,我们隔得太远啦!"可我几乎是拍着胸脯信誓旦旦地说:"距离不是问题。以后想办法把你调到省城来。"而当我们真正谈起恋爱时,才发现这个不是问题的问题,对陷入恋情的人而言,是致命的。

我相信这个世界上存在柏拉图式的爱情,但这种模式并不适合每一对恋人,尤其是像我这样的凡夫俗子。绝大多数异地恋的结局,都不圆满。那些开端美好的恋情,不是死于不爱,而是死于距离。距离让人心碎。在与B的交往中,我就时常产生这样的错觉——我是在与一个虚构的恋人说话。从旁人的角度看,每天晚上,确实是我一个人在葡萄藤下对着手机喃喃自语。

我需要见到她,真实地感受到她。她的声音会神奇地唤醒我的身体,让我整夜难受。对着空气谈恋爱,可真不是滋味儿。

而对于见面的事，B持谨慎态度。我提出好多次，周末去看她，但都被委婉拒绝了。"镇子实在是太小啦。你来了没有地方住。还是等我去看你吧。"她总是这样说。我推测吧，是她不想这么早就暴露我的存在，毕竟小镇上没有秘密。当然，也有可能是在提防我——男人总是值得提防的。

事实上，我说归说，并没有真正下定决心。像我们这种从未见过面的恋人，存在着另外一种危险——见光死。B的照片，我是见过的，并没有带给我怦然心动的感觉。我有点担心，担心她会受到伤害。

但这是躲不过的一道程序。难道不是吗？经过一个漫长冬天的铺垫，我们终于在次年春天敲定了见面时间。B到省城来。盼星星盼月亮，终于盼到这一天了。当然，最高兴的是我的身体。我那与春天的草木一样蓬勃葳蕤的身体，提前进入了某种亢奋状态。我都替它感到难为情。

那是一个温暖的星期六下午。我仔细地修饰了一番，穿了一身漂亮衣裳，上午还特地跑去理发店剪了一个新发型。我抱着一束燃烧的玫瑰去了火车站。这个举动十分突兀，引来许多旅客的注目。我守候在出站口，踮着脚，在一大波黑压压的旅客里搜寻着B的身影。我的眼睛几乎没有放过一个旅客，但没有看到B。我以为记错了时间，准备掏出手机，给她打一个电话,肩膀却被人拍了一下。

"嗨,是孔先生吗?"一个小巧玲珑的女孩出现于我眼前。打我们认识以来,她一直坚持叫我孔先生,最开始是以示礼貌,后来则变成了亲密的称呼。

这个女孩皮肤棕黄,瘦弱,有点像印第安人,牙齿倒像雪一样白。我有点不敢相认,但她无疑就是B。她是开朗活泼的,仿佛身体里蕴藏着无限活力。有时我的心情并不好,譬如说正在写的小说卡在了一个关键环节,难以为继,或是工作上遭受到不小的打击,顶撞了领导,但只要听到B的声音,坏心情就会在瞬间消散。在我的想象中,这么开朗的女孩应该会比照片上漂亮许多。

我轻叹了一口气,但还是将那束玫瑰递给了她。

我们乘坐出租车回到了公寓。正是晚餐时分,我们步行到附近的一家餐厅用了晚餐。B的开朗健谈,调动起我略显低沉的情绪。她的谈吐与她小巧玲珑的身体一样,都像一个未经世事的孩子。而正是这一点,在某种意义上,证实了她在此之前,确无恋爱经验。她的人生还是一张白纸。在这张白纸上写下第一个字的,是不是我呢?我并不确定。我被什么东西困扰着。

我们散了一会儿步。那天天气真的不错,晚霞像燃烧的波浪,层层叠叠地涌向远方。直到天幕上浮现出星星,我们才回到公寓。好像我们都害怕回到公寓,回到那个封闭的能听到彼此心跳的空间。

回去后,我们一直窝在沙发里看电视综艺节目,直至十点半,B说她困了,想睡觉了。在此期间,我们并未做出任何亲昵举动,连牵手都没有,更不用说接吻了。我想,我们都在等待某一个时刻的来临。而现在,她说想睡觉了。

我建议她洗个热水澡,但遭到拒绝。她一定认为这是一个圈套。她简单地洗漱了一番,就来到起居室,困倦地问她睡哪儿。我满怀期待把她带向令人心跳加速的卧室,那里摆放着公寓里唯一的一张床。我上午刚刚换了一套新买的被套和床单,铺床单时,我不禁浮想联翩。"你睡哪儿?"她用手捂紧胸口,警惕地问。"只有一张床,我还能睡哪儿?"我说。"不行,你答应过我的。你睡沙发。"她说。"睡沙发不舒服。"我说。"那你睡床,我睡沙发。"她很严肃地说。

我不得不睡沙发。

我恋恋不舍地走出卧室,身后立即响起一阵紧急的关门声,随后是反锁按钮转动的声音——她不知道锁早就坏掉了。这两种声音在我的身体里引起回声。好像我身体里的一扇门,也被B关上了。我情绪低落地走回起居室,关掉电视,关掉灯,和衣在沙发上躺下。可我无论如何也睡不着,我的身体依然醒着。在之前的几个月里,只要听见B的声音,我的身体就会产生奇妙的化学反应。现在,她就近在咫尺,尽管隔着一道门,我似乎仍能闻见她身上若有若无的独属于女性的气息。

我侧耳聆听着卧室的动静。B应该不会如此狠心。我想着她躺了一会儿之后,出于某种不忍,会打开房门,走到我面前,让我回到卧室去睡觉。但是没有任何动静,直至凌晨到来。而在此期间,她也没有起来到洗手间方便。我无数次想着推开门走进卧室,但都被先前困扰我的东西阻止了。可是到了凌晨五点,我再也无法忍受。一头彻夜未眠的狮子,引领我走向了神秘的卧室。

我猫手猫脚地打开门,但还是发出了轻微的响声。B没有反应,应该是睡着了。我窸窸窣窣地爬上床,然后窸窸窣窣地钻进被窝。正是这时,我听到一阵奇怪的声音,可我一时又不能辨识那声音。我安静地躺了一会儿,最终还是在那头狮子的引领下,伸出手向未知领域探去。我却抚摸到了阵阵战栗。刚刚那阵奇怪的声音,来自B战栗的身体。她发烫的身体在黑暗中颤抖。我想进一步深入,那具受惊的身体,伴随着牙齿打战的声响,在慌乱中迅速向床边滑去。再挪一点,她悬空的身体就要滚落于地了。我环抱着她。发现她居然穿着牛仔裤。

"你答应过我的……"B的嗓音也颤抖着。她的身体像鱼一样光滑。

"我不会欺负你的。"我的手停止了探索,但也没有从她战栗着的细腰上挪开。是的,在我们商量见面的事情时,我答应过B,不会侵犯她。

我们就保持着这一奇怪的姿势,睡到了天明。其实谁也没有睡着。我一直在跟身体里的那头狮子搏斗,以至于精疲力竭。我不知道B的身体里是否也徘徊着一头桀骜不驯的狮子,我们没有探讨这个话题,但是我隐隐听到了她吞咽唾液的声音。隔一会儿,那个被极力克制的声音,就会响起一次,,好像她在迷迷糊糊间,梦见了什么美味佳肴。

窗外鸟鸣啁啾。B起床,拉开窗帘,光线从窗口涌入,像一条雪亮的瀑布。她面对窗子,左腿站立,右腿跪在一把椅子上,略微低着头,动作娴熟地把头发挽起来,然后从嘴中取下皮筋,束上马尾。我躺在床上目睹了这一切。我感觉她今天的表现与昨天截然不同。究竟是哪里不同呢?又说不出。直到多年之后,我回忆这一幕时,才恍然大悟:B在这个早晨的行为举止,已然一副女主人的做派,好像她已与我在那间公寓里生活很多年了。

梳洗完毕,我们到附近的一家早餐店去吃早餐。B神情欢愉地走在前边,像只小鸟。很不幸地,上台阶时,我从她的背影上,忽然瞥见一位前任的影子。她们的背影真的有几分神似。这个无意间的发现,让我做出了一个至关重要的决定：我把伸出去准备捉住她左手的右手，缩了回来。

上午，我们去了远郊的一个公园游玩。返回途中，一家新开楼盘的营销人员正在马路边散发宣传单。不知出于什么目的，我带着B去了售楼处，在一位穿着黑丝袜的售楼小姐的带领下，我们参观了一套工业风装修风格的样板间。事实上，我那时囊中羞涩，仅靠微薄的薪水和稿酬勉力维持生活而已。

下午，我将B送到了火车站。她上车前，我主动拥抱了她一下。这个日后将变得丰满起来的女孩，不可能知道，我已把昨晚她身体奇妙而又真实的战栗储存到了记忆里。那种战栗，我再也没有感受到。

他的故事

M离开三个月后，他带回第一个女孩。那是春节前夕，他们在晚上八点半回到公寓。尽管他的手中拿着一把收拢的雨伞，但他们外套的一侧都淋湿了，鞋子上还淌着黑色的雨水，裤管上密密麻麻的，全是雨脚。他们都微喘着气——他们刚刚从一辆出租车上下来，又穿过了迷宫似的社区花园。

这个小他好几岁的女孩，是他从Z城接过来的。他还记得下班后前往长途汽车站时，出租车司机搭讪问他去哪儿，他说去Z城接一位朋友。出租车司机打趣说，什么朋友呀，值得你大老远地去接。他回答说，是女友。由于两座城市相距并不远，一个小时车程，出租车司机很想促成这笔生意，被他拒绝了。

他们还没有吃晚饭，肚子饿得咕咕直叫。他将女孩的行李箱搁到餐桌边后，用毛巾擦了一把脸。女孩上了一趟洗手间，马桶轰隆作响。他们又打着雨伞去了离公寓不远的一家快餐店。大约五十分钟后，他们再次回到了公寓。

他们都清楚这个雨夜将会发生什么，所以也就并不急于求成。这么说也不准确，他还是有些急的，但担心破坏兴致，努力克制着。女孩是第一次来，再说他们刚刚才吃过晚饭。他们在卧室看起了电影，一部国产片。他们坐在床上，脚下踩着一只烤炉。女孩嗑着瓜子，在去接女孩之前，他购买了许多零食。

认识这个女孩，是在M离开之前。女孩主动联系的他。她是一个文学爱好者，向他请教投稿问题。之后，他们就有一搭没一搭地聊上了。有一天晚上，他和M吵架了，他冲下公寓楼，到广场上散心，女孩恰逢其时地打来一个电话。他坐在一个供人练习仰卧起坐的健身器材上，与女孩聊了好久。女孩的声音如银铃般悦耳，还有一点点酥。他感觉到身体内部某个空旷的地方，被猫爪子挠了一下。

女孩坐在一辆夜行长途汽车上，信号不是很稳定，但他耐心地倾听着。女孩把他当成了树洞，跟他谈到很私密的情感问题。她说她的男友不思进取，每天游手好闲，他们为此吵了无数次架，但收效甚微。他几乎是不假思索地对女孩说，这样的男友，不要也罢，他给不了你幸福。他不知道自己为什么会说出这些话。

他回去得很晚。M一脸愠怒，质问他那么长时间都干吗去了。他面无表情地回答说，到广场上散了散心而已，好像他肚子里的气还没有消似的。M还是有些不相信，狐疑地瞧了一眼他的裤兜，但没有伸出手去掏他的手机。

M不辞而别后，他与女孩的联系日渐密切，彼此间的称呼也越来越亲昵，像是一对恋人。可是女孩仍然和男友纠缠不清。他多次怂恿女孩离开男友，但女孩犹豫不决，直到他向女孩表白。他从来没有想到，有一天他也会去挖别人的墙脚，而且挖得理所当然。女孩没有立即答应，说需要一点时间。

一个月以后，他正式成为女孩的新男友。没过多久，他就前往女孩的城市，与她见面。见面的地点，是离长途汽车站不远的一家时尚餐厅。

那个冬天的晚上，一向自信的他总觉得自己穿得不够时尚。女孩不是一个人前来与他见面的，还有她的闺蜜陪同。她们租住在一块儿，她们还是Z大学的学生。他知道她闺蜜的一些故事，为此，他有些隐隐的担忧。

女孩果然挺漂亮的，而且谈吐落落大方。她的闺蜜穿着一件领口开得很低的毛衣，事业线清晰可见，打扮得比实际年龄成熟。他第一次与两个青春蓬勃的女孩共进晚餐，说话和拈菜、咀嚼的动作，都带有表演的成分，有点装腔作势。

赴约之前，他就已在酒店预订了一个房间。用完晚餐，女孩的闺蜜半认真半开玩笑地劝她留下来，被她毫不犹豫地顶了回去。到酒店后，他给女孩发信息，暗示她出来单独约会，同样被断然回绝。他有点失落，但没有生气。

电影看完了，时间已经不早。窗外的雨，还在下，淅淅沥沥地敲打着他心里的一块土地。他催促女孩去洗澡。女孩脱下长靴和羽绒服，换上拖鞋，去了洗手间。他边收拾瓜子壳和零食包装袋，边听着洗手间里的动静，乒乒乓乓地，不知道她在干什么。没过一会儿，他听见女孩叫他的名字。他一阵激动，心跳加速。他小跑到洗手间外，敲雾气朦胧的玻璃门。女孩在里面喊："找两张报纸来。"

他有点茫然，不明白女孩要报纸干什么，但他还是去找了两张。起居室的窗台上放着一大摞晚报。女孩将门开了一条缝。他什么也没有看见。接着，他听见了一阵摩挲声。一双手的影子在玻璃门后晃动。玻璃门上多出了一层水迹。是女孩将报纸浸湿了，贴在了玻璃门上。"真是多此一举。"

他在心里说。

令人心旌摇荡的洗澡声，终于从洗手间里传来。整个房间都安静下来。想象着那具陌生的此刻正在莲蓬头下沐浴着的青春蓬勃的身体，他的身体变成了一座火山，灼热的岩浆在火山口翻滚，即将喷涌而出。

那是一个相当漫长的时刻。好像过去了一个世纪，女孩才从洗手间出来。她用他递给她的一条宽大的蓝色浴巾裹住了自己。她猫着腰身，像猫一样沿着墙角迈着碎步溜进卧室时，他佯装在收拾床铺。

"闭上眼睛——快闭上眼睛。"她一手抓着浴巾，一手护着胸口，对他命令道。他假装将眼睛闭起来。事实上，他什么都看见了。

女孩钻进被窝，依然用浴巾裹着自己。他迫不及待地去洗澡。他用莲蓬头冲刷着自己灼热的身体。他吃惊地发现，自己的身体在刚才那漫无际涯的等待中发生了多么深刻的变化。可怕的变化。多么像一场战争的前夜。

他走进卧室时，女孩正面对墙壁躺着。他颤抖着钻进被窝，解开那条碍事的浴巾。"你干什么？"女孩用嗔怪的语气问，但没有阻止他。她的厚嘴唇很性感，亲吻的时候让他欲罢不能。她身体丰满的程度让他大吃一惊，他的呼吸一下子变得急促起来，好像下一秒就会失去呼吸。女孩咬着嘴唇，娇喘吁吁，却始终睁着眼睛，好奇地打量着他。他顾不上她的目光，他正吃力地探索着她的身体。

可女孩像一枚刚刚从河底挖出来的河蚌，他使尽浑身解数，也无法抵达目的地，急出一身淋漓大汗，意志力渐渐消退。最终还是在女孩的鼓励下，他才重整旗鼓，勉强达成一半心愿，但是他就像被金刚砂纸打磨过一般，火烧火燎地疼，疼得龇牙咧嘴。他的身体留下了创伤性的记忆。

第二天晚上，面对女孩丰满的身体，他竟毫无作为。

很快就到春节了。那是一个无比漫长的假期，他只想早点见到女孩。假日期间，他们保持着非常频繁的联系，一天打好几个电话，但也不全是愉快的记忆。有一天，他们不知为什么事情吵了一回，他言辞刻薄地说："床单上的血，并不代表是你的第一次。"女孩立即回击道："难道你还是处男吗？"他哑口无言。

另外一天，女孩告诉他，今天她妈妈陪她去医院检查了。他关心地问她怎么了。女孩说，她的月经来得不正常。他心里一惊：这么快就怀孕了吗？没想到女孩接着平静地说，她可能无法正常生育，先天性的。他心里又是一惊，可还是安慰她："以后带你去更好的医院检查。万一不能……我也能接受丁克家庭。"

他知道自己在说谎。整整一天，他都被这件事情所困扰。

之后只要想到女孩，这件事情就会像魔鬼一样，出没于他的脑海，挥之不去。这件事情，变成了女孩的一条尾巴。他希望，这只是女孩为了试探和考验他，而导演的一出恶作剧。

假期快结束时，女孩给了他一个惊喜。她告诉他，等他返回时，她就搬到他那儿，和他一起住。新学期开始后，她就要找个单位实习了。听到这个消息，他暂时忘记了那件事情，立即承诺帮她联系实习单位。女孩开始准备了。一个阳光和煦的上午，女孩在电话里问他，穿多大尺码的睡衣。她正在商店挑选情侣睡衣。

他像那个晚上迫不及待地洗澡一样，迫不及待地回到了那座城市。可女孩并没有如期出现。她在电话里吞吞吐吐地说，把一件要紧事办完了就过来。他不知道她有什么要紧事要办，只知道她又与闺蜜厮混在了一起。他不喜欢女孩的闺蜜。他在她的穿衣打扮上和精心修剪过的眉目间，嗅到了风尘女子的气息。

那几天，他隐隐有些不安。不时给女孩打一个电话。可是女孩接一会儿电话，就挂掉，接一会儿，就挂掉……她给出的理由都一样——上洗手间。他不禁起了疑心，女孩肯定有什么事情瞒着他。事实上，在他们正式确立关系那段时间，这样的事情也出现过好几回。但那时，他还不知道她闺蜜的故事。

有一天晚上尤其不对劲。他们正通着话，忽然听见了一阵奇怪的杂音，像是一个中年男人说话的声音。他正要询问是什么声音，女孩啪的一声挂断了电话。他再拨打，提示对方已经关机。再次打通女孩的电话时，已是一个小时之后了。他责问原因，女孩说，手机刚刚没电了。他心里不痛快，生气地挂掉了电话。

两天之后，他在长途汽车站接到了女孩。她拖着一个超大容量的棕色行李箱，脚下还放着一只塞得鼓鼓囊囊的购物袋。她气喘吁吁地说，她和闺蜜已经把房子退了，她把所有的行李都带过来了。到了公寓后，女孩把行李箱和购物袋里的衣物全部掏出来，塞满了衣柜。她果真带来了一套淡紫色的情侣睡衣。他试穿了一下，尺码有点大，穿着像一头笨重的狗熊，很滑稽。

晚上的节目必不可少。初试过一次云雨的人，万千滋味萦绕心头。他的身体像一盆炭火，在熊熊燃烧，可是女孩在半推半就间，试图阻止他："下面有点痒。没来得及看医生。"他心底"咯噔"一下，那阵奇怪的杂音在他的脑海里一闪而过，可正在兴头上，顾不及想太多。结果，他又温习了一遍那种火烧火燎的疼痛感，这一次比上次更甚。

第二天早晨，他上班去了。女孩窝在床上睡懒觉。整个上午，他都有点心不在焉。那种火烧火燎的疼痛感仍未消失。

而这种不可与外人道的疼痛感，时时刻刻在提醒他，被窝里躺着一个丰满又性感的女孩，等他回家。他当然也想起了女孩向他坦陈的秘密，还有那阵该死的奇怪的杂音，但是他准备忘记一切。

下班后，他像一匹兴奋不已的马驹，扬起蹄子，向公寓奔去。到了公寓门口，他没有敲门，而是像小偷那样一声不响地掏出钥匙，打开了房门。他想给女孩一个惊喜，同时想知道他不在家的时候，她都在做些什么。他先猫手猫脚地走向卧室。他以为女孩还赖在床上。他已经做好了扑上去的准备，可是卧室里并没有人。他的心里有点慌乱。他轻轻推开洗手间的玻璃门，也不见人影。

去了哪里呢？起居室同样不见人影。

他的脑袋里打满了问号。她在这座城市人生地不熟的，能去哪儿呢？他若有所思地歪着脑袋，不抱希望地朝厨房走去，却意外地看见了女孩的背影。她只穿着一件豹纹衬衣，也不知道冷，双手戴着橡胶手套，正在擦洗不锈钢水槽，耳朵上塞着耳塞。一阵暖流从他心间涌过。他屏息走过去，双手伸向女孩的腰间。女孩就像在夜间做了什么噩梦一样，伴随着一声尖叫，浑身打了一个激灵，双脚乱跳，双手乱舞，抹布掉进水槽里，溅起一片水花，像有一尾鱼在里面扑腾着。

随后，他才发现餐桌上多出了一个青杏色细腰花瓶——

也不知女孩从哪个角落翻找出来的。床头的墙壁上多出了一张明星海报。衣柜也进行了分区，他们的衣服被分放在了不同的区域。地板好像也被仔细地擦拭过。

女孩比他小好几岁。时不时会嗲声嗲气地叫他一声"大叔"，叫得他浑身发酥。他以为她们这个年龄的女孩子，只会"哈日""哈韩"，只会逛街购物，只会负责貌美如花。没想到女孩身上没有那些公主病，还挺贤惠的，令他刮目相看。

他从冰箱里翻找出几样还可以吃的东西，炒了两道菜，应付了午餐。"晚上带你去外边吃大餐，庆祝一下。"他在被窝里搂着女孩，对她宣布。

女孩滚烫的身体像夏季的黑美人葡萄一样饱满多汁。她温热的呼吸和凹凸有致的曲线点燃了他的身体，但是从昨晚持续到现在的疼痛感，也在同一时间像烟花一样裂开，成倍放大。他瞬间疼得龇牙咧嘴，有如正上刀山下火海，在关键时刻不得不放弃。

女孩见他一副吃不到葡萄的不甘表情，咯咯直笑，笑得花枝乱颤，好像有人在她的胳肢窝里挠痒痒。这不禁让他想起他们见面前的一个晚上，女孩一边与他聊天，一边气喘吁吁地爬楼梯，到了她和闺蜜临时租住的房子前，她一边咚咚咚地拍着门，一边高声冲门里嚷："开门——"正是那时，他下定决心要将女孩追到手。她的声音,充满了无限活力。

下午,他坐在办公室里,同样心不在焉。他很想知道,他和女孩未来的生活会是什么样子,但是他想象不到,他缺乏这方面的想象力。他和女孩能够走多远,他也没有十足的把握——这让他有点不安。他能够想到的,是晚上的浪漫晚餐,是一个与过去不一样的夜晚。

还不到下班时间,他就对同事谎称去银行办事,匆忙离开办公室,比中午更急切地向公寓奔去。这一次,他选择了敲门,无人应答。他以为女孩没有听到敲门声。打开门,房间里冷冷清清的。他意识到有一点不对劲,却说不出哪里不对劲。他把各个房间都找了一遍,均不见女孩的身影。

最后,他在餐桌上发现了一封信。女孩在信中说:"大叔,我下午仔细地思考了一下,我对你的感情,不是爱情,而是比喜欢多一点的感情。请原谅我的不辞而别。我拿走了你书架中鲁迅的一本书。这不算偷吧。"他逐字逐句地读完了女孩的信,颓丧地坐在沙发上。直到这时,他才发现女孩的行李箱不见了。

他怀着某种侥幸心理来到卧室,拉开衣柜上的滑动门,十分沮丧地发现,女孩分门别类摆放的衣裳都已不见踪影,好像她从未在他的生活里出现过一样,没有留下任何痕迹。当他发现那件试穿过一次的睡衣也不翼而飞时,自嘲地笑了两声。他顿时明白，那件睡衣，或许压根儿就不是买给他的。

虽然女孩把一切都说清楚了，但他依然难以接受这一事实。上午还像一个家庭主妇那样打扫房间，中午还在同一个被窝里缠绵缱绻，下午却不辞而别，还告诉他"我对你的感情，不是爱情"。这简直比他精心编织的故事还要荒诞。

他拨打女孩的电话，通了，不接；再拨过去，依然如此。可能是受不了他的持续骚扰，女孩终于发来一条信息。然而这条信息，让他怒发冲冠。他忍不住骂了一句脏话。他觉得这是他一生的耻辱。

"大叔，我已住进男友家。不要再打扰我了。"

"前男友？"

"是的。我还是放不下他。"

"我晚上过来找你。"

"不要过来。你找不到我的。"

他就像挨了一记闷棍，有点晕眩，眼前的一切都变得恍惚起来。但还是在某个念头的支配下，拎上一只背包，向楼下冲去。坐在前往 Z 城的出租车上，他回忆起他们从认识以来发生的所有事情。他觉得自己就是一个不折不扣的失败者，一个傻瓜，一个小丑，不禁悲从中来。他暗自发誓，一定要将女孩抢回来。

到了 Z 城，面对陌生的建筑和穿梭来往的车流人群，他感到一片茫然。他颓然丧坐到街边的一级台阶上，打电话给女孩，她依然不接。事实上，刚刚在途中，他给女孩发送了无数条信息，女孩只回了寥寥数条。但他在那几条信息中，隐隐窥见了女孩左右摇摆的心态。很显然，面对他的说辞，女孩再一次动摇起来。

现在，当他告诉女孩他已到Z城时，女孩很显然吃了一惊。"没想到，你真会过来找我。"女孩在信息中说道，但她同时也表示，"你还是回去吧，我不会出来见你的。"他决定住下来，并将这一决定告诉给了女孩。他觉得自己有点犯贱。

他住进了一家快捷酒店。房间十分宽敞，但弥漫着一股霉味，或是其他什么味道。躺在那张宽大无比的床上，他的脑海里却出现了两具肉体交缠在一起的画面，是女孩和一个陌生的年轻男人，那个年轻男人面孔模糊。必须将女孩找到。否则一切都晚了。他这么想着。但要在一个常住人口超过百万的城市寻找一个女孩，无异于大海捞针。唯一的办法，就是说服女孩重新回到他的身边来。

他不停地给女孩发信息。他想，这些信息，或许会阻止他们亲热。没有一个男人看到这些信息会感到愉快。女孩回复了几条，大约都是躲在洗手间里回的。这不禁让他想起他们最开始交往的时候，女孩总是借口上洗手间而挂断他的电话。她到底对他隐瞒了多少事情呢？想到这一点，他才发觉，对于女孩的过去，他其实一无所知。虽然他们在一起睡了几晚，但谁也没有敞开心扉，让对方参观过。

"请别发信息了。我很累，睡了。你自己注意安全。"

晚上十一点左右，女孩发来这样一条信息，然后就像沉入大海的石头，再无音信。他打电话给她，提示已关机。两具肉体交缠在一起的画面，再次浮现在他的脑海里。他看到了女孩喘息着的变了形状的脸与睁着的眼睛。他叹了一口气，全身紧绷的力量松弛下来。就像一袋真空包装的大米被人剪开一道口子，大米哗地一下向袋子底部散落开去。更像雪崩。

那注定是一个辗转反侧的夜晚。更可恶的是，隔壁房间在午夜时分传来了男女亲密接触时有节奏的声响以及女人夸张的呻吟声。持续不断的呻吟声是如此清晰，像无数只蚂蚁正噬咬着他的骨头。他用拳头捶打墙壁，那边安静了两秒钟，随即传来更加肆无忌惮的呻吟声和粗重的喘息声。

第二天清晨，他在洗漱时，几乎不认识镜子中的那个人了。那个人胡子拉碴，满脸憔悴，眼神没有一点光彩，像个输得精光的赌徒，一夜之间苍老了十岁。他灰头土脸地搭乘早班车回去了。在车上，他信誓旦旦地对自己说：一定要将女孩抢回来，再将她抛弃。

马上就是情人节了。在他花言巧语的攻势之下，女孩回复他的频率越来越高,摇摆不定的态度也越来越明显,而且字里行间又能嗅到亲密无间的气息了。他觉得有戏。他决定在情人节那天做点什么,让女孩终身难忘,终身悔恨。比如大张旗鼓地给女孩送一卡车玫瑰花,或租赁两个热气球,在每个热气球上垂挂一条表白的横幅,让它们飘荡在城市上空。他很想闹出这么大的动静,给那个未曾谋面的对手留下终身阴影,但考虑了一下成本,最终只是想象了一番而已。

情人节那天,他是一个人过的。这一天,女孩没有怎么搭理他。很显然,他们鬼混在一起。一对狗男女。他在酒吧里一边喝着闷酒,一边在心底骂。喝得醉醺醺的他,并未想到他还会和女孩上演一出好戏。

半个月后的一天晚上,女孩再次出现在了他的公寓里。那是他做了半个月功课的结果。女孩两相权衡之下,最终将情感的天平倾向了他这一侧。于是,那天黄昏,女孩趁男友外出之时,拖着行李箱从男友家逃了出来。

放下行李后,他们照例去那家快餐店吃了一顿晚餐。回到公寓时,天色已晚。女孩把行李箱从起居室拖到卧室,把箱子里的衣裳一件件拿出来,挂到衣柜里。她的动作十分麻利,好像只是出了一趟差而已。他抱着双手斜靠着衣柜,看着女孩,她还是那么漂亮。他不敢相信这是真的。

女孩挂完衣裳,坐到床上歇息。他的身体蠢蠢欲动。可能昨晚，这一天的白天也说不定，女孩刚刚跟另外一个男人睡过。但他的身体有些不听指挥。他紧跟过去，将女孩扑倒，手熟练地伸进她的毛衣下面，并企图有进一步的作为。女孩甩开他的手，重新坐起来。"神经吧！"她懊恼道。

这时他才注意到女孩的眼神有点躲闪。而躲闪的原因，来自她装在口袋里的手机。那部超大屏幕的手机一直在嗡嗡震动。他能够猜测到是谁一直在联系她，就像那个落魄之夜，他不停地联系女孩一样。女孩终于接了电话，电话里传来一个年轻男人的声音。她神色慌乱，犹疑不定地对那个人说："我不回来了。我不回来了。"

女孩咬着下嘴唇，皱着眉头看着他，不安地说，那个人一直在找她。这时，他才知道女孩是偷偷逃出来的。他一时百感交集。"既然你已经做出了决定，那就听从内心最真实的想法。"他将女孩的左手握在手里，对她说。

女孩的手机依然在不停地震动。她握着手机的右手有点无所适从。每一次震动，都让她的右手也跟着震动一次。她望向他的眼神，有点无助。她再次接了电话，这一次，她差不多是用命令的口吻冲电话那边吼道："你疯了吗？连我的话都不听了是吧？不要过来。我叫你不要过来！"挂掉电话，她的肩膀往下一沉，微喘着气对他说，那个人载着一车人、带着家伙赶过来了。女孩在征询他的意见。

他的胸腔里开始怦怦跳动。他听见了那阵即将持续一个小时的密集鼓点。但他还是故作镇静地对女孩说:"是走是留,你自己决定。做出决定后,不后悔就好。"他把问题抛给了女孩。他没想到事情会变得这么棘手、复杂。

女孩急得直跺脚,拿不定主意。女孩站起又坐下,坐下又站起,反复几次之后,站到他面前,下定决心似的对他说:"我不回去了。"他拉着女孩的手,感到一阵欣慰。他觉得自己赢得了一点点胜利,可他无论如何也高兴不起来。

女孩在他面前接了最后一次电话。可能是想把最终的决定告知对方。没想到电话里传来的声音十分激动。"我要你回去,不要过来!把事情闹大了,对谁都不好!"她的情绪也跟着激动起来,几乎是扯着嗓子冲对方嚷道。

"他已经快到了。九点就能到。"女孩忧心忡忡地说。他此时站立在窗前,浑身莫名其妙地颤抖着。他怕女孩瞧见他内心的恐惧,便抓起了窗台上的一副羽毛球拍。然而抓着球拍的手,也在微微颤抖。窗外荷花形状的路灯开出金黄色的花朵。他既不想做缩头乌龟,让女孩瞧不起,又不想与那个陌生男人正面接触。

"我们到楼下走走吧。"他终于对女孩说。

他们带上门,朝楼下走去。他的手里仍然紧紧抓着那副网线断裂的羽毛球拍,轻飘飘的羽毛球拍。他注意到女孩扬起嘴朝那副球拍嘲笑了一下。社区花园里很安静,好像只有他们两个人在夜游。他们虽然手拉着手,但一路上几乎没有说一句话。两人都心事重重。

他们在花园里转了一圈,闻见了丝丝缕缕的花香。也不知道是什么花,这么早就吐露出了芬芳。临近九点了,他们原路折回朝公寓楼走去。女孩走在前面。他望着女孩时尚女郎般的背影,长久以来困扰自己的问题好像有了一个模糊的答案。就在女孩迈进公寓楼下的那道笨重的大门时,那个答案变得清晰起来。

几年之后,作家孔尚志在网上书店购买了一本由译文出版社引进出版的中短篇小说集《宇宙故事集》,作者是一位籍籍无名的阿根廷作家。这本精装本的集子共收录中短篇小说九篇,其中一篇名为《悬置地带》的短篇小说引起了他的兴趣。

这是一篇中国题材小说,主人公也叫孔尚志,小说内容似曾相识。他沉思了好一会儿,才恍然大悟:作者在小说中讲述的故事,与他几年前的离奇经历毫无二致。他感到不可思议。以为是自己的经历被那位作者获悉,写成了小说。可是翻看作者的生平,发现作者已于十年前去世,而且生前从未到访过中国。

更加令人难以置信的是，这篇短篇小说，创作于2006年8月，最早发表于西班牙《海岸》杂志2006年第四卷。

2006年，孔尚志刚刚开始学习写小说。他还不认识那三个女孩。

妻子变形记

七月的一个清晨,我惦记着参加一个重要的学术交流会议,挣扎着从一个深如沼泽的梦中醒来。

睁开眼睛的那一刹那,刚刚还像巨兽一样奔跑在梦中,让我迷失方向的那片浓雾已迅速撤退。我骑着一头美洲豹参加第二次世界大战的离奇经历,也已不知所终,就像过去漫长的记忆,被人瞬间窃取一空。

我没有像往日那样立即坐起来。因为我好像又在某个瞬间,滑入了另外一个更加荒诞不经的梦境。在这个梦中,我竟和一头毛茸茸的猪同睡在一张床上。它的一只前蹄,十分自然地搭在我的右胸上。吸盘似的鼻子,正喷出薄雾般湿漉漉的气流。阵阵呼噜——呼——嚆——呼——嚆——,不绝于耳。

这是一头浑身焕发着银质光泽的猪。更不可思议的是,它还穿着一个浅蓝色蕾丝边文胸,一条浅蓝色平角短裤。它们同属于日本某知名女性内衣品牌。

这不禁让我想起妻子。昨晚,她睡觉时穿的正是这两样。

我莫名紧张,却又不敢贸然行动。我担心这头猪会在本能的驱使下一口咬掉我的耳朵,并用鼻子将我拱得遍体鳞伤。我抬起头,转动眼珠打量我和妻子住了五年之久的公寓,并没有看到她的身影。她一定是上班去了。她昨晚临睡前说,今天公司开早会。如果迟到,照例罚扣一百元奖金。

这头猪是怎么回事?我屏住呼吸,小心翼翼地将那只前蹄从我胸口推开,蹑手蹑脚地摸下床。推开它的那一刻,我还下意识地伸出手在鼻翼前扇了扇。事实上,并没有想象中令人作呕的猪粪味道入侵我的嗅觉。

它睡得太死了,没有意识到被人推开,而是换了一个更为舒适和滑稽的姿势,接着喷吐起并不响亮的呼噜。它咧开一条缝的嘴巴,似乎带着一抹神秘的笑容,或许是梦见了最令它心动的食物,也有可能是遇见了其他什么开心事。

我先后看见了妻子随意脱在床侧的浅红色拖鞋、挂在衣架上的藏青色工作装、天鹅绒布面手提包和脱在玄关处的高跟鞋。她刚买不久的苹果手机,也还放在电脑桌上充电。电量已经满格,指示灯亮着绿灯。

种种迹象表明,妻子并没有离开家里。

我的脑袋开始充血,心跳开始加速。不过为了稳妥起见,我还是穿过并不宽敞的起居室,分别到厨房和洗手间仔细察看了一番,包括门后的空间、容得下一个人的储物柜,甚至天花板上,我也瞅了好几眼,可都空空如也。

更加令人不安的证据出现了。玄关处的防盗门,是从里边反锁的,钥匙还插在锁孔里。如果这是妻子自编自导的一出恶作剧,那么这一点她无论如何也做不到。我意识到了问题的严重性,伸手使劲捏了一下大腿,疼得我跳了起来;又捏了一下脸颊,火辣辣的,疼得我龇牙咧嘴。

原来不是在做梦。这一切都是真实的。

我瘫坐到沙发里。佝偻着的上半身,不可抑制地颤抖起来,好像患了伤寒。两只僵硬的手也紧张地交叉在一起,扭动着,撕扯着,骨骼压迫着骨骼。嘴唇哆嗦。大脑一片空白。我年轻的妻子,竟然变成了一头猪?

刚刚看见的肯定是幻觉。就像人们常常说的那样,如果"鬼压床"导致鬼迷心窍,就会产生可怕的幻觉。许多年以前,我在午睡时,就清晰地看见了一只硕大无比的蜘蛛,那只鬼脸蜘蛛把我吓了个半死,而我无论如何也不能动弹一下。

百叶窗紧闭。我瘫坐在一堆并不十分明亮的光线中,陷入两难的境地。我既不相信这是事实,也没有勇气去证伪。我不知道该怎么办。约莫一刻钟之后,我才在一股无形力量的支配下,离开凹陷下去的沙发,忐忑不安地踱向卧室。

正是在这一艰难的过程中,我意外地从吊着一盏后现代树杈吊灯的天花板上获得一种预感:从七月的这个清晨开始,我的生活即将发生某种可怕的变化。

来到卧室门口,我并没有立即往床上望去,而是闭上双眼,深吸了三口气。我要让头脑更加清醒一点,将或许是梦境残留于脑际的某种幻觉驱赶殆尽,将因睡眠而产生的污浊之气排出体外。

我的耳朵开始出现不适。与先前并无二致的呼噜声——"呼——嚙——""呼——嚙——"渐次清晰起来。它们回旋于耳郭,节奏均匀,唤起梦中模糊而又短暂的记忆。尽管如此,我还是在呼出第三口气时猛地睁开了眼睛。

躺在那张席梦思大床上的,在夏日天光的映衬下通体泛着银质光泽的,是我熟悉的妻子,她的嘴角露出一抹神秘笑容。哈!这个傻瓜。哈!这个小傻瓜。刚刚把我的心脏都吓出来了。

果然是幻觉。为了确认这一事实,我揉了揉眼睛,再定睛望去,可我的妻子又变回了那头猪。真是难以置信。她是在进行魔术表演吗?

反复确认之后,我差点儿晕倒——脑部供血系统出现了问题,还好我及时扶住了那道白色门框。我不知道自己何以变得如此脆弱。

我重新坐回沙发，内心久久不能平静。是把那头猪唤醒呢，还是通知警察前来查个究竟？抑或致电我和妻子双方的亲属，把这一不明情况悉数奉告？我拿起手机，毫无意义地摁出一串串数字，还没有拨出去，又自行删除了。

不知所措之际，一个可怕的念头驱使我奔向洗手间。

刚刚去洗手间时，我所有的注意力都集中于门后的空间和封闭式浴室，并未看向镶嵌在面盆上方的镜子。我忐忑不安地站立于那面边角沾有不少污渍的镜子前，总算舒了一口气。镜子中的那团黑影，是眼神恍惚、头发凌乱、嘴唇上下冒出一圈黑色胡茬的我，而不是一张丑陋的猪脸。

盯着镜中的自己，看到的却是妻子。我们经常在同一时间起床，双双站在镜子前，一起洗漱。她往脸上涂抹眼霜一类的化妆品或持着眉笔精心描眉时，我偶尔会从身后深情款款地抱着她，并把脸凑近她，一起欣赏镜中的我们。镜中的我们，堪称男才女貌。而现在，妻子却无缘无故地变成了一头猪。

这究竟是怎么回事呢？正是此时，伴随着一阵刺耳的闹铃声，我听到了一声诡异的尖叫——"啊——呜——"，这声尖叫，音域居于人和猪之间。

很显然，是妻子被手机闹铃吵醒了，并目睹了这可怕的一切。我奔向卧室，看见妻子，不，是那头浑身焕发着银质光泽的猪,正在床上挣扎。

妻子试图像往日那样坐立起来。她高昂着那张长着一对招风耳和一个猪鼻子的脸,两只前蹄在胸前挥舞,后蹄绝望地蹬弹着。她一边努力地把身子往前仰——晃动的肚子因此皱成一团,一边嘶声咕噜,充血的眼睛里投射出来自灵魂的恐惧。

目睹这一幕,我不禁倒吸一口凉气,踉跄着倒退三步,牙齿打战,双拳紧握。一个魔鬼,在那一刹那钻进了我的身体,我感觉到了它的存在。

"啊——呜——"妻子再次厉声尖叫起来。

她看见了我,两只前蹄朝着我毫无规律地挥舞。许多个周末的清晨,她都会懒洋洋地从被窝里伸出双手,嘟着嘴唇嘛嘛嘛地嘟囔,让我抱她起来。

我不知道该怎么安抚她的情绪。我试图靠近她,却又缩手缩脚。当我真正鼓起勇气,颤巍巍地伸出手,准备去握住她伸过来的前蹄或抚摸她摇摆着两只招风耳的脸部时,她却躲避着我,往床的另一侧退缩,好像我是面目狰狞的屠夫。

我暗示她安静下来,可是她完全不明白我的意思。就在我重新伸出手时,她竟以迅雷不及掩耳之势,往床尾一蹿。只听扑通一声,她重重地跌到原木地板上,吸盘似的长嘴里发出痛苦的呻吟。

我三步并做两步地跑过去，心怀戒备地蹲到她的面前，试探性地伸出右手。

这一次，她没有拒绝。可是刚刚接触到她粗硬的鬃毛，我就触电般地缩回手。我害怕。她敏感地捕捉到了这个动作，不满地把头偏向另一边。我不得不再次伸出手，硬着头皮抚摩着她鬃毛粗硬的脖颈。她的呼吸渐渐平稳，眼神也跟着变得温柔起来，嘴里轻声哼哼着，好像她已平静地接受了这个噩梦般的事实。

过了一会儿，妻子挣扎着从地板上摇摇晃晃地站起来，努力地维持着身体的平衡。那副样子，与婴儿学步没有什么两样。接着，她迟疑地把那张弥漫着无助神情的脸蹭了过来。她的举动，让我感觉又退回到梦境中。

可我立即就明白妻子要干什么了。我本能地向后仰去，脑袋砰的一声撞到了墙壁上。我的失态和恐惧都没能让妻子停下来，她像要验证什么想法似的，不容拒绝地蹭到了我一片冰凉的脸上。

事实上，真正冰凉的，是她那个圆圆的跟吸盘一样的鼻子。那真是要命的体验：首先是一股湿漉漉的带电气流喷到我脸上，接着是一阵让灵魂颤抖的触觉——那个毛茸茸的鼻子在我的脸上磨蹭着，粗粝的摩擦感就像脸上多出来一把硬毛刷子。

但不知道为什么，风平浪静的日子，我和妻子在沙发上耳鬓厮磨的画面，竟在我混乱的脑海里一闪而逝。我颤抖着，捧起妻子这张无比陌生的脸端详着，试图从中辨认出妻子的容貌来，可是二者之间毫无相似之处。

妻子哀怨的目光，也在我变形的脸上和眼睛里寻找着什么，审视着什么，怀疑着什么。忽然，她泪痕未干的双眼里，现度涌出了泉水般的泪水，她长长的嘴里，又发出了一串"啊呜——啊呜——啊呜——"的叫声。

那一刻，我依稀辨别出了妻子往日的音调："救我——救我——救我——"

我的双眼开始模糊。这一次，我越过荆棘丛生的障碍，不顾一切地将妻子抱在怀里，并温柔地呼唤着她的昵称："爱丽丝——爱丽丝——"

听到我的呼唤，妻子粗壮的脖子和看起来十分愚蠢的脸部，开始一颤一颤地耸动。椭圆形的肚腹也跟着剧烈地起伏起来，像是一片倒悬的海浪。

"我一定会想办法的。"我拍了拍妻子浑实的背部，盯着她，用坚定的语气对她说，"请相信我。"她捣蒜般地点头，又有泪水从她眼中涌出，两只颜色赤红的耳朵上下摇摆着，对我充满了无言的信任。可我说完就后悔了。我能有什么办法呢？

面对这个棘手事件，作为一个缺乏医学常识的中文系副教授，我在第一时间里联想到的，仅仅是弗朗茨·卡夫卡笔下变成甲虫的格里高尔·萨姆沙，加夫列尔·加西亚·马尔克斯笔下因为受到惩戒而变成一只大狼蛛的蜘蛛女孩，布鲁诺·舒尔茨笔下变成螃蟹和蟑螂逃走的"父亲"。这三个可怜的家伙，最后都没能再变回人形，而且结局堪称悲惨，也就没有什么经验可以借鉴。

提到布鲁诺·舒尔茨，我忽然想到今天上午八点半在学校学术报告厅召开的那个国际学术交流会议。会议的主题，正好是重估这位波兰作家及其短篇小说的地位和价值。有来自十个国家的专家与会，波兰的，英国的，法国的……

我对这位波兰籍犹太作家推崇备至，花了半年时间完成了一篇对他的两本短篇小说集和超现实主义画作进行比较研究的学术论文。作为会议主办方，我们学校将我纳入演讲嘉宾名单。我将在会议上宣读这篇论文，尽管被安排在发言次序的最末一位，我仍然十分重视，毕竟这是向同行展示学术才华的一个机会。

我们居住的公寓楼离学校不远，八点从家里准时出发，可以不早不晚地赶到学术报告厅。因此我昨晚把闹铃设置在七点半，它还没有响。现在，我不由得犹疑起来，我到底要不要去参加那个学术交流会议。那真的是一个十分难得的学习机会。可我又不忍心将妻子独自留在公寓里,万一她做出什么傻事该怎么办?

当我的手机闹铃响起之时,我想到了一个权宜之计。

我温柔地抚摸着妻子鬃毛粗硬的脖颈,低头对她说:"我出去咨询一下医生。你在家里好好待着,等我回来。"她的眼里再一次涌出泪水。她试图将两只前蹄搭到我的膝盖上,险些摔了一跤,只好将吸盘一样的圆鼻子伸过来,磨蹭着我的膝盖。"啊呜——啊呜——"这一次,像是低声抽泣。

我试图把她拦腰抱起来。但她实在太沉了,好像体重在一夜之间增加了两倍,她也因为感到不舒服——也有可能是自尊心作祟——而挣扎起来。我只好放下她,把她带到起居室,帮助她趴到沙发上。她翕动着鼻子,无声地看着我走进洗手间。

我迅速地洗漱了一番,穿戴好衣裳,并十分罕见地打了一条蓝色领带,提上了我今年过生日时她买给我的那个棕色牛皮公文包。公文包里装着那份我早已装订好的论文。我来到沙发前,拍拍妻子的耳朵,以示告别。

瞧见我手中拎着的公文包,妻子忽然张开嘴咬住了它。"啊呜——啊呜——"我弯下腰费了好大劲才从她两排雪亮的利齿中夺回公文包。"宝贝儿,我马上就回来。"我再次拍拍她的耳朵。

钥匙在锁孔里转动的瞬间,地板上响起一个重物落地的声音。

我转过身去,妻子正迈动着粗壮的四肢十分滑稽地向我小跑过来。对于这陌生的四肢,她显然还不能熟练地运用它们,因为她总想站立起来,像往日那样行走,结果频频因为前后步调不一致而跌倒在地。但她还是凭借着某种本能,艰难地跑过来了,可怜兮兮地望着我,还亲昵地磨蹭着我的裤腿。

妻子再次试图从地面上站立起来,拥抱我,可还是失败了。我没有帮助她,因为担心她的两只前蹄弄脏了我刚刚穿上的白衬衫——前天晚上睡觉前,她在灯下帮我熨好的。雪一样耀眼的白衬衫,像是对过往生活的某种纪念。

走出公寓楼,广场上阳光炫目,一阵突如其来的晕眩击中了我,眼前冒出无数颗金星,公寓楼与广场旋转起来。我用手抵着额头,踉跄几步蹲下来,才没有跌倒。我这是怎么了?低血糖的老毛病又犯了吗?还是时空颠倒,我又秘密地回到了梦境中?视觉恢复后,我缓缓地站了起来。

七点五十。手表的表盘在阳光下金光闪烁。

我匆忙朝社区诊所走去。平时我和妻子有什么不适,诸如感冒、发烧之类的,都会去那里购买一点儿药物,算是老顾客了,但从未在这个时间点去求医问药。

意外的是，诊所已经开门营业，而且那唯一的一位医生正全力以赴地对付一个中年男人乱蓬蓬的脑袋。那个痛得龇牙咧嘴的中年男人，脑袋里装满了蜈蚣。一条条蜈蚣的幼虫，正源源不断地从他的头皮下钻出来。全副武装的医生一手拿着手电，一手拿着不锈钢镊子，摆在他面前的一只医用玻璃器皿里，蠕动着密密麻麻的蜈蚣幼虫。见到这可怕的一幕，我浑身直打冷战，倒退着逃出了诊所。

来到马路上，接连喘了好几口气，我才镇定下来。此时，恰好有一辆出租车驶来，停到我面前。一个看不见脸的年轻女子准备拉开后车门。我鬼使神差地拉开前车门，坐到副驾驶座上，吩咐司机前往五公里外的市中心医院。

我掏出手机，打开挂号平台，十分幸运地挂到了一个遗传病学专家号。我也说不清为什么要挂这个科室的号。可能是我将医院所有科室的名称挨个儿看了个遍，觉得只有这个科室与妻子的变形沾得上一点儿边，尽管此前我从未听说她的亲属中有人在睡眠时变成了一头猪的先例。

前往这个科室就诊的人并不多。我仅仅在候诊室等候了十来分钟，便被叫进了一个背景十分虚幻的诊室。那个在国内颇有影响的遗传病学专家和他漂亮的女助手接待了我。我此前好像在什么地方见过他的照片。

我坐定在他们对面，被问及有什么问题需要帮助时，身体不由自主地颤抖起来。我还没有想好怎么描述这件事情。见我如此窘迫，专家打趣道："有什么难言之隐吗？"我明白他的意思，摇了摇头，又点了点头。女助手假装没有听见我们的谈话，低头在表格上填写着什么，但嘴角挂着一抹神秘的笑容。

"一个人变成了一头猪，是什么原因？"我终于说出了心中的困惑。

"什么？"专家像是没听见似的，侧身伸长脖子和耳朵，瞪着眼睛大声问道。

"一个人变成了一头猪，是什么原因？"我把问题重复了一遍。

短暂的安静之后，爆发出一阵放肆的大笑。

两鬓斑白的遗传病学专家在宽屏电脑后笑得前仰后合，手中的签字笔像雨点一样将桌面敲得笃笃直响；坐于他右侧的女助手更是笑得将脸匍匐向桌面，双手捂住肚子，眼角的两颗眼泪让她精心刷过的睫毛凝成一团。

我竟也忍不住扑哧笑了一声，但随即就莫名地安静下来，继而心头涌起一阵酸楚。

"年轻人，你是在故意说笑，还是确有其事？"专家终于收敛了情绪，扶了扶鼻梁上闪烁着蓝光的眼镜，仍然难掩笑意。

"我的一个朋友,变成了一头猪,就在昨晚。我帮忙咨询一下,是什么原因让他变成一头猪的。与遗传有关吗?"我的头脑渐渐清晰起来。正在这时,我的手机发出一声新信息到来的提示音,但我顾不上理会。

"他是怎么变成一头猪的?"专家问我时,与女助手意味深长地对视了一眼,女助手甜蜜地低下头,会意地莞尔一笑。

"这个我倒是不清楚。只知道今天早晨,家人叫他起床时,发现他竟然变成了一头猪。他们都不知道是怎么回事。"我故作平静地回答。

"年轻人,仅凭你模糊的描述,我们无法得出任何结论,而且还会错过最佳的干预时机。现在就把病人送过来。我们联合市里最好的专家会诊,给他做一个全面检查,研究制定最佳的治疗方案。"专家说完,耸了耸肩,摊出双手。

"那好吧。谢谢你们。"我提起公文包,失望地起身告辞。

"难道你不打算考虑我的建议吗?年轻人。说不定我们可以携手把遗传病学研究往前推进一大步,为全人类的健康事业做出贡献。"专家换了一套极具诱惑性的说辞,像一个演说家一样,试图说服我。

我犹豫了一下,终究不为所动,坚定地拉开了诊室的玻璃门。身后响起一阵嘀嘀咕咕的耳语,接着一阵细碎的脚步声追出来，但在门口又停下来了。一团纤细的影子在门后踮一闪而过。

我意识到了某种潜在的危险。我刚刚的决定是正确的，不能将妻子送进医院，否则她将变成医生们的试验品。

离开医院时，已是八点四十分。信息是我们中文系的系主任发来的："耍大牌吗？会议已经开始了。"我拦了一辆出租车。正值高峰期，路上有些堵。

我气喘吁吁地奔到学校的学术报告厅时，已有三位专家宣读了论文，来自英国圣安德鲁斯大学的威廉·詹姆斯教授正在发言。系主任瞧见了我，十分严厉地剜了我一眼，并指了指我座位的方位。我蹑手蹑脚地溜过去，找到贴着自己姓名的座位，坐了下来，并打开公文包，十分谨慎地拿出了那份论文。

威廉·詹姆斯教授正侃侃而谈，听众席上不时报以热烈的掌声，可是我一个字也没有听进去。之前我满脑子想着这个会议，现在却又满脑子想着我的妻子。她现在怎么样了？是否变回了原来的样子？她为什么会变成一头猪呢？我被这些乱七八糟的问题纠缠着。我拿出手机，编写了一条信息，准备发给她，但随即就放弃了——她现在这副样子，能操作手机吗？

漫长的两个多小时，我不知道是怎么熬过的。当主持人邀请我到发言席宣读论文时，我颇为恍惚。直到坐在我右侧的一位同行提醒了我一下，我才茫然地站立起来，拿着论文，迈着梦游症患者的步伐，登上了那个被摄影师的相机和一片雪亮的眼睛聚焦的发言席，我等候数月的发言席。

事后回忆，我才意识到当时居然忘了向与会者鞠躬致意，而是直接宣读起了论文。而我念出的第一句，竟然是"今天一早醒来，我的妻子变成了一头猪"，惹得听众哄堂大笑。正是这潮水般的嘲笑声，让我瞬间清醒过来。

"女士们，先生们，别误会，刚刚是开场白。我只是想让报告厅里过于庄重的气氛变得轻松活泼一点儿。下面，我将正式宣读论文……"

我也听到了掌声，好像比威廉·詹姆斯教授获得的掌声还要热烈。但也正是那些该死的掌声，打断了我的思路，并让我重新回到恍惚如梦的状态。我看不见听众的脸庞，他们的脸庞上统统蒙着一层薄雾，好像听众席空无一人。系主任严肃的脸庞也消失了。掌声结束后，我停顿了好一会儿，才继续演讲下去。

会议结束后，我和威廉·詹姆斯教授拍了一张合影，并有幸和他共进自助午餐。我们交换了一些对希拉里·曼特尔的看法，相谈甚欢。他对这位两次获得布克奖的女作家评价甚高，对《提堂》这部小说更是赞不绝口。这一点对我来说很重要。这几年,智利作家罗贝托·波拉尼奥在中国炒得很火,但是去年我在圣地亚哥访学时,与智利作家谈起他,他们都保持缄默。这是很有意思的现象。

与威廉·詹姆斯教授握手告别后,我本想即刻就回家去,但另外一个声音阻止了我。我便在校园的林荫道上漫无目的地转悠,直到路过一家尚在营业的夏威夷咖啡厅时,才猛然想到妻子从早晨到现在还没有吃一点东西,肯定饿坏了,于是掉头往学校南门小跑而去。南门马路对面开有一家名叫"阿尔卑斯山"的面包店,我买了两个妻子最喜欢吃的肉松沙拉酱芝士面包,然后才打道回府。

硕大的汗珠顺着额头往下滚落,白衬衫紧贴着后背和胸口。我像往日一样将防盗门连敲三下,便在门口等着,一手提着公文包,一手提着面包。我隐约听见一阵的响动,但门依然紧闭。

我又将面包放到左手,一边用右手中指的指关节敲门,一边冲门里喊:"爱丽丝,快开门!"又传来一声奇怪的响动,像是用头撞门的声音。正是这个不同寻常的声音提醒我,我的妻子变成了一头猪。

我从公文包里掏出一串钥匙,试了好几次,才听见锁孔转动的声音。门后的响动消失了。我迟疑地打开防盗门,却还是吓了一跳。

妻子安静地蹲坐在玄关处。

见到我,她噌地一下从地面站起来,欢快地摇晃着尾巴。她用嘴巴磨蹭着我的膝盖,满含期待地望着我。可望着望着,泪水又从她眼里涌了出来。她赌气似的把头偏向一边,默默地流泪。

我蹲下来把面包在她面前晃了晃,她依然不予理会。我放下公文包,抚摸着她的脖颈,侧着头对她解释:"爱丽丝,我上午去咨询医生了,他们说要去医院检查才知道是怎么回事。但是我不信任他们,他们从来没有遇见过类似的患者,肯定像无头苍蝇一样束手无策,只会假惺惺地使用一堆高科技仪器在你身上检查。而那样对你没有一点儿好处。我再想想其他办法。"

妻子终于扭过脸,泪光闪烁。

"饿了吧?我听到你肚子里的咕咕声了。先吃点你最爱吃的面包。"我又把面包在她眼前晃了晃。这回她没有表示出拒绝的意思,我便打开包装袋,拿出一个肉松沙拉酱芝士面包递给她。她不假思索地伸出右前蹄,又沮丧地放回了原地。

我意识到问题所在,忙撕了一小块面包喂给她。她张开长长的嘴巴,小心翼翼地把面包从我手中咬进了口腔,那口锋利的牙齿令人望而生畏。

我以为这两个面包还不够她塞牙缝,可她仅仅吃了一小块，就拒绝再吃了。她一声不响地走到起居室，吃力地跳上沙发，趴在那里，像是受了天大的委屈，也像是做错了什么事情。我跟着走过去，脑袋里轰然一响。

天哪，起居室和卧室一样，差不多变成了一个名副其实的猪圈。妻子在不同景区收集的瓶瓶罐罐，横七竖八地滚落在地板上，摆在桌面的两盆绿萝也被掀翻在地，衣裳这里一件那里一件，鞋子东一只西一只。真不知道发生了什么恐怖的事情。

妻子依然趴在那里，目光躲闪。

我没有责备她，而是苦笑了一声，随即将散落在地板上的东西一件件捡起来归到原处。在被大幅度移动过的电脑桌下，我意外地发现了一部面目全非的手机。手机屏幕被摔得粉碎，像用锤子狠狠砸过一般。我和妻子都没使用过如此破旧的手机。往桌面望去，仅仅剩下一根还插在插座上的充电线。

我顿时明白了什么，身体深处的某个地方颤动了一下。

收拾完毕，我坐到离妻子半米远的地方，潮水般的疲倦和深沉的无力感席卷而来。百叶窗外，晃动着烈日的火焰，即使待在空调房里也能感受到莫可名状的闷热与焦躁，可我还是靠着沙发睡着了。我梦见了妻子。

那几乎是我们第一次相遇时的场景。妻子穿着一袭浅黄色的清凉夏装,坐在紫藤花架下的长椅上,捧着一本苏童的短篇小说集。《十九间房》,朱红色封面,我记得特别清楚。我满头大汗地骑着自行车路过那个半圆形广场,停下来,向她询问时间。她像头顶的紫藤花一样嫣然一笑,告诉我,下午三点。我冲她吹了个响亮的口哨,脚下已经踩动踏板,没料到迎头撞在一棵结实的梧桐树上。我从车座上震飞,跌落到草坪上。

地震般的感觉将我从梦中惊醒,全身大汗淋漓。

妻子正把头部搭在我的大腿上,以一种我从未见过的陌生眼神打量着我。是因为刚刚那个响亮的口哨吗?还是因为我惊醒时的滑稽模样,引起了她观察的兴趣?她又是什么时候挪到我身旁的呢?我大腿上的皮肤开始发痒。

妻子的眼神,让我想起过去五年来她多次在我工作时安静地注视我的画面。我一直没有捉摸透她内心的想法。有时候,我很享受她无声的注视;有时候,又对她的注视感到害怕。她的眼里,翻滚着迷人而又未知的海水。

"爱丽丝,究竟是什么原因让你变成现在这个样子的呢?"我俯身问她。

"啊呜——啊呜——啊呜——"她无辜地摇晃着脑袋。

"你错吃了什么药物吗?"我尝试着问。

"啊呜——啊呜——啊呜——"她"啊呜"着,无辜地摇晃着脑袋。

"你昨晚吃什么特别的食物了吗?"我拍着她的耳朵问。

"啊呜——啊呜——啊呜——"她"啊呜"着,无辜地摇晃着脑袋。

"那你是梦见什么了吗?"我已经换上了漫不经心的口吻。

"啊呜——啊呜——啊呜——"这一次,她没有摇晃脑袋。

"梦见什么了?"我以为抓住了最关键的线索,追问道。

"啊呜——啊呜——啊呜——"妻子"啊呜"了好一阵子,好像讲述了一个漫长的故事,可我一个字也没有听懂。

我们彼此都感到特别沮丧。过去五年,我们就像陷入了某种无法解释的怪圈,隔上一段时间就会爆发一次异常激烈的争吵。正在兴头上时,谁也休想说服对方,谁也不肯妥协。她时常说,我无法理解她;我也有类似的感觉,认为她不能很好地理解我。我一度怀疑,我们的婚姻生活已经临近崩溃的边缘,"七年之痒"提前到来。我们曾多次提及离婚,只是没有一次付诸行动,可能是还没有遇见最关键的那根导火索吧。这一次,我们积极沟通,却宣告无效。

"昨天晚上究竟发生了什么事情?"我在心底嘀咕着,忽然想到一个从未谋面的先生,他或许能够帮助我们。据说这位先生只需借助一碗清水，就能窥见此时此刻世界上某地正在发生的事情，也能重现过去任一时刻的场景。这可不是胡编乱造。某年，我的堂姐夫在外省谋生时迟迟不归家，他的父亲便登门寻求帮助，询问儿子的下落。这位先生在一碗清水里端详了一番，告知堂姐夫正在火车上玩扑克牌，无须担心。第三日，堂姐夫便风尘仆仆地归家了。一问，果然在火车上与同伴玩过扑克牌。像这样真实可考的事情，还可以举上好几例。

我立即给母亲打电话，询问这位先生的情况。"忽然打听这个人干吗？"母亲好奇地问。"我给一个报社记者讲述了他的传奇故事，人家很感兴趣，想去采访他。"我随意捏造了一个理由。母亲说她不认识这位先生，得去伯父家打听。

过了一会儿，母亲的电话来了。母亲说，很遗憾，这位先生已于两年前辞世，而且生前不曾收过一个徒弟，一身绝技已失传。挂掉电话，我沉默良久，不知所措。

黄昏时分，我拉开百叶窗，窗外一片耀眼的彤红，半个城市都被夏日常见的火烧云覆盖。我系上围裙，到厨房烧了两道家常菜，一道土豆片炒瘦肉，一道清炒苦瓜，还做了一个葱花鸡蛋汤。当我将两菜一汤和两只盛饭的青花瓷碗端上餐桌时，才意识到往昔的生活一去不复返了。妻子不可能坐在我的对面，一边与我说些好笑的见闻，一边品鉴菜肴的味道。

我不得不拿来一只空盘子，把米饭和菜盛到里边，放到茶几上。炒菜时，妻子一直守在厨房门口；而现在她正磨蹭着我的大腿。她的嘴巴恰好可以够到茶几上的盘子。可妻子并不望一眼盘子，而是望着我。

我只好又找来一把汤勺，一勺一勺地喂妻子。她确实饿坏了，狼吞虎咽的，有两次差点儿把汤勺都给吞咽下去。汤勺在她锋利牙齿的咬合之下，"咯嘣——咯嘣——"，发出清脆的声响。我吓坏了，要是把我的手指也给吞进去怎么办。过去，妻子的吃相可不是这样，我不禁皱了皱眉头。

晚上，我坐在电脑前，在搜索引擎上搜索"人为什么会变成一头猪"。妻子将两只前蹄搭在另外一把椅子上，紧盯着屏幕。我搜到相关条目65500000个，然而与妻子的遭遇紧密相关的，只有如下四条信息：

·宫崎骏执导、编剧的动画电影《千与千寻》。片中，支撑故事发展下去的核心情节，就是千寻的父母在"饥食会"变成了猪。而他们之所以变成猪，是因为贪吃食物，在汤婆婆管辖的神灵世界，不劳动的家伙都会变成猪。

·一幅令人沉思的人类进化图。这幅图十分形象地展示了人类从猿猴到原始人到现代人到大腹便便的后现代人再到猪的演化过程。当人类利用科技手段满足自己的所有需求后，每天无所事事，懒惰贪睡，结果就变成了猪。

· 一篇反思体制的文章。作者尖锐地指出，体制会让人变成猪。为避免人们误解，他特别对"体制"这个概念进行了界定：这个体制，并非人们常说的"编制"，而是等同于电影《肖申克的救赎》中那个广泛意义上的体制。

· 加拿大魁北克省一位名叫格兰妮的老妇人，在她三十岁生日那天晚上莫名其妙地变成了一头猪，第二天早晨又变回了人形。但是从此以后，每隔两个月，同样的事就会准确无误地发生一次。她的丈夫陪伴她去过十几个国家，拜访了多位世界顶尖的医学专家，但都束手无策。格兰妮太太如今已经六十八岁了，那个可怕的日子依然会如期而至。

我和妻子都非常喜欢宫崎骏先生的电影。我们刚认识不久就在电影网站上一起观看过《千与千寻》。前不久，这部片子正式在中国上映，我们还专程到电影院重温了一次。但这一天我真的没有想到这部电影。难道是妻子在梦中贪吃了什么食物吗？她每餐可都只是吃小半碗米饭的，对水果也没有多少兴趣。

难道是她在梦中提前进化到人类的最后一个阶段了吗？这也缺乏科学依据。进化是一个日积月累的漫长过程，不可能在一夜之间完成。至于第三点，似乎也不具备什么说服力。作者在文章中说人变成猪，只是一个形象化的说法。何况，我们都生活于同一个体制中，为什么单单只有她变成了真正的一头猪？

我打算给格兰妮太太写一封信，详细了解一下她的情况。如果妻子的变形也只是间歇性的发作，那总比永久性地变成猪要好。

我联系上了多伦多的苏菲娅。我们是在上海一个推介北美青年作家的活动上认识的，她出版过两部很棒的长篇小说。我联系她时，她正沿着安大略湖岸跑步。她爽快地答应了我的请求。"我在魁北克省有好几位朋友。"她说。

当晚十点半，我就得到了格兰妮太太的电子信箱。这真正验证了那句话，最多通过六个人，你就可以认识世界上任何一个你想认识的人。

我用英文给格兰妮太太写了一封言简意赅的邮件。我在邮件中详细交代了妻子的遭遇和我的困惑，并诚恳地询问每次变形时她是什么感受，而第二天早晨再次变回人形，究竟靠的是自然的力量，还是她内心的信念在发挥作用。信末，还祝愿她早日摆脱变形的纠缠，有机会和她丈夫一道来中国游玩云云。

我关闭电脑时，妻子已经侧躺在我的脚边，无所顾忌地打起了呼噜。这呼噜声，比早晨和中午的都要响亮。该怎么睡觉呢？这个严峻的问题摆到了我的面前。我总不能每晚都抱着现在的妻子睡觉吧？可是她在哪里睡觉比较合适呢？最终我想到一个两全其美的办法：我们都到沙发上睡觉。对于我的提议，她没有反对。

可我哪里睡得着呢？我在沙发上翻来覆去地思考同一个问题：这究竟是怎么回事，是妻子梦想成真了吗？她以前总对我宣称，她最大的愿望就是变成一头猪——吃了睡，睡了吃，多幸福啊。我吓唬她，猪最后都要面临难以逃离的厄运，那就是被宰杀。她调皮地说，那就只做被宰杀以前的猪。

是我对她的称谓变成了某种诅咒吗？我喜欢叫她猪。还不厌其烦地对她哼唱："猪，你的鼻子有两个孔。"最近一两年，她在工作之余热衷于睡觉、阅读网络文学、刷朋友圈和追剧，我责备她不思进取时，也会叫她猪。

"猪，太阳都照到屁股了！"

"猪，你能不能像我们刚刚认识那会儿，读点儿真正意义上的书？"

"猪，不要再追那些垃圾剧了。"

第二天上午十一点一刻，我收到了来自大洋彼岸的回信。

格兰妮太太本人，比新闻报道中照片上的形象要乐观豁达得多。她对我妻子的遭遇表示同情，并告知她每次变形都是在睡梦中完成的，毫无知觉，而且第二天早晨再变回人形，也是自然而然发生的事。她戏称，"两个月一次的变形，比年轻时来月经还要规律"。

格兰妮太太在信中强调了一件十分奇怪的事情,即每到变形的那个晚上,她都会陷入同一个梦境,梦见自己的丈夫变成了一头猪。而事实上,每次发现她变成一头猪的,都是她的丈夫。她对此感到不可思议。

信末,格兰妮太太建议,如若没有紧急情况,没有必要去看遗传病学医生,因为"他们什么也不知道,简直跟牛和马一样愚蠢"。

妻子的意外变形,打乱了我们所有的计划。

我们原本是要去北欧五国旅行的,机票都订好了,不得不取消行程。我也哪儿都不能去,只能在家陪着妻子。而两人唯一的消遣方式,便是观看电影。即使变成了一头猪,妻子也只热衷于观看爱情文艺片和动漫电影,譬如《怦然心动》《美丽人生》《天使爱美丽》《爱在黎明破晓前》《飞屋环游记》等等。我看战争片时,她就感到索然无味,很快就打起呼噜。

酷热难耐的暑假行将结束时,我们窝在沙发里几乎看完了电影网站所有的经典影片,以至于我时常将两部或好几部电影的情节混淆在一起。

这期间自然也发生了好多事情。

首先是妻子被公司解雇了。就在她变形后的第三天,她公司的人事主管就气势汹汹地打来电话——当然是我接的——质问她为何无故缺勤。当那个中年女人得知妻子在短时间内无法上班时,大约就动了解雇妻子的念头。一个月后,公司正式发出了解雇通知。我把这个消息转告给妻子后,她难过了整整三天。

正是那段时间,妻子一直试图走出公寓,到公园去散散心。她一次次用嘴巴咬住我的手或T恤下摆,把我引向玄关,站在防盗门前"啊呜——啊呜——"地哼唧着,摇晃着末端打着卷的尾巴,用一种热切的眼神望着我。

我拒绝了好几次。整个公寓楼都没有养宠物猪的,目标太大了。万一邻居或陌生人知道了妻子的秘密,肯定会招来大批记者,我们的生活必然受到干扰。但最终还是拗不过她的执着。她是一个特别固执的人,想法一旦形成,就难以改变。

我决定在八月最后一个星期天带她去公园逛逛。

为了这次特殊的短途"旅行",我特地在购物网站上给她购买了两套宠物猪穿的衣裳。挂在衣橱里的那些花花绿绿的衣裳,目前都不适合她穿了。除此以外,我还买了一点她注定不会喜欢的东西。但我认为很有必要。

星期六晚上,我给她洗了一个香喷喷的热水澡。

星期天是一个凉风习习的多云天。临出门前,我仔细地给妻子洗漱了一番,还往她毛茸茸的两腮扑了一点腮红。这还不行。她欢快地跑到专门存放各式各样帽子的橱柜前,提示我给她拿一顶帽子。试了好几顶,最终决定戴那顶帽檐上打着一个蓝色蝴蝶结的遮阳帽,去年我们在西双版纳度假时购买的。

打扮完毕,我犹豫不决地拿出了一个好看的牛皮脖套和一条红色牵引绳,对妻子比画着。她第一次露出了狰狞的表情,冲着我咆哮了一声,转身朝卧室奔去,遮阳帽掉到地上,滚到了洗手间门口。

我被妻子发怒的样子吓到了,可还是小心翼翼地追上去,耐心地对她解释道:"这是不得已而为之的办法,做做样子而已。"她妥协了。

我们刚进电梯间,就迎来人们异样的目光。尽管我戴着墨镜,也将游移在他们黑白色脸上的表情瞧得一清二楚。他们故作镇定,却又不时拿眼睛瞟一眼我的妻子。妻子安静地站立着,吸盘似的鼻翼不停地翕动着。我紧靠着电梯壁,佯装与妻子毫无关系。我不知道她何以如此从容淡定。

中途进来一对母子。胖嘟嘟的小男孩,一进电梯,就睁着一双乌黑发亮的眼睛,好奇地盯着妻子,甚至还伸出了胖嘟嘟的小手,但被他的漂亮母亲阻止了。他的母亲进来时,皱了一下眉头,随即以手虚掩鼻子,可能是意识到这个动作有失风度或最基本的礼貌,又很不情愿地将那只白皙的手垂到胸前。

我一心想着早点达到公园。毕竟在那里，人们对待宠物的态度要宽容许多。然而，一个突如其来的事件，破坏了我们的出行计划。

我们刚刚来到公寓楼下的小广场上，妻子就受到了巨大的惊吓。我还没有晃过神来，她就从我的手中挣脱而出，"啊呜——啊呜——"地尖叫着，不管不顾地朝着人行道狂奔而去。

是一只朝她汪汪狂吠的蝴蝶犬吓跑了她。她天生怕狗。以前，我们在公园散步或乘坐电梯时，但凡遇见一只宠物狗，她都会被吓出一声尖叫，紧紧地攥住我的手臂，躲在我的一侧，蜷缩着肩膀瑟瑟发抖。现在变成了猪，依然这么胆小。

我无暇顾及人们只有在观看马戏团表演时才会流露出的好奇目光，向着妻子逃窜的方向追去。她跑得可真快，瞬间就不见了踪影。是前方传来的阵阵惊呼声，暴露了她的行踪。我一边奔跑，一边高声呼叫着："爱丽丝——爱丽丝——"

终于看见她了。好像那只蝴蝶犬还追着她似的，她正在一片茂密的灌木丛中左冲右突。遮阳帽已不知去向。我审时度势地冲上去捉住了围在她脖颈里的脖套，轻轻地拍打着她的脊背。惊魂未定的她，渐渐安静下来。

我仔细地检查了一下。妻子的额头不知在哪儿磕破了，正冒着血。四肢和衣裳上染满青绿色的草汁，还粘上了不少褐色草籽，蹄子上全是黑色的泥。

这个事件暴露了妻子的存在。

当天中午，就有两名身着职业装的社区工作人员登门，严肃告知不能喂养宠物猪这种大型哺乳动物，以免威胁他人安全，让我自行处理。如果我不处理，他们就会通知相关管理部门强制处理。我好说歹说都不行，直到写下一份保证书——保证她从此足不出户——他们才勉强答应。但还是不放心地叮嘱我，要定期请防疫站的医生给她打预防针。

从此以后，妻子就真的再也没有迈出公寓的大门。她时常一声不吭地蹲坐在阳台上，望着公寓楼下来来往往的行人和每天变换一种颜色的灌木丛发呆。她的心情越来越郁闷，吃得越来越少，与我的互动也越来越少了，总是一副心事重重的样子。我很久没有见到她欢快地在房间内奔跑了。

有一段时间，我们会玩一些简单的游戏，甚至还玩过捉迷藏。她总能忘记变形这件事，全身心地投入到游戏中，欢快地奔跑着。而现在，我怀疑她患上了不可抑制的抑郁症。但是两个月之后，情形又发生了可怕的逆转。

事实上，我在九月就发现了某些端倪。

我上完课回到家里时，很少再见到她像以前那样安静地守候于门后，而是躺在沙发上呼呼大睡。她的睡姿很不雅观，猩红牙床大敞，两排锋利的牙齿闪烁着瓷质的寒光，朝着天花板打着响亮的呼噜，白色的雾气在起居室里缭绕。她对我的脚步声已经无动于衷，只有我呼唤"爱丽丝"时，她才恍然从梦中惊醒似的，睁开睡意蒙眬的双眼，十分陌生地打量着我。有时，她干脆趴在地板上睡觉。

我在厨房忙碌的时候，她好像对我带回家的蔬菜格外感兴趣。她总是趁我不注意，偷偷溜进来，伸出嘴巴，翕动鼻翼，这里嗅一嗅，那里闻一闻，摩擦着利齿，双眼放射出两道绿光。我看见她的肠胃在蠕动。

那时我还没有意识到问题的严重性。我只是以为她还保持着变形之前的生活惯性，喜欢睡觉罢了。也没有深思她为什么会对蔬菜那么感兴趣，只是以为她喜欢绿色植物并爱屋及乌罢了。谁知道她的心思呢？

可到了十月下旬，妻子对"爱丽丝"这个昵称也没有什么反应了。能够吸引她的，只有我在厨房里烹饪时弥漫出来的菜肴香味。有一次，我吃饼干时不小心掉落到地上一大块，她立即跳下沙发，叼起那块饼干，歪着脑袋咔嚓咔嚓地咀嚼起来。我想尽办法才从她的嘴中掏出饼干碎末。

到了十一月份，情况变得更加糟糕。我每次回家，家里都会变成乱糟糟的猪圈。地板上滚动着各种各样的物品，不少物品上都留有醒目的齿痕。桌面上的两盆绿萝和阳台上的几盆多肉植物在两天之内相继失踪，只剩下一截根茎。厨房里的蔬菜，也频频不翼而飞。我批评过她好多次，可效果不甚理想。我对此感到难以忍受。每次掏出钥匙开门时，我都会站在走廊上犹豫好一会儿。

回家，对我而言，已经变成酷刑和噩梦。

这期间，我唯一一次发现她还保留着一丝人类意识，是因为有一天我带了一个姑娘回家。

这个姑娘叫小A，是我的学生，也是我的爱慕者，前年刚刚毕业。尽管我告诉她，我并非单身人士，可她依然没有放弃的意思。十一月中旬的一个上午，我们在咖啡馆见面时，我不知道哪根筋搭错了，很有可能是苦闷难抑吧，不小心泄露了妻子变成一头猪的秘密。她听闻后难以置信，非要跟我回家看一看我的妻子。

刚开始，我是坚决拒绝的，担心妻子会大发雷霆，但转念想到她已经对我的呼唤毫无意识，便答应了小A的请求。

中午十一点左右，我忐忑不安地打开门，将手捧一束康乃馨的小A让进公寓。妻子正仰躺于沙发上呼呼大睡，呼噜声震天响。房间里照例是一团糟。小A见此情形吓了一跳，退到墙角，胸口一起一伏。她站在原地，将我的妻子好奇地打量了好一会儿，才镇定下来。

我感到难为情，忙着捡拾散落于地的物品。小A见了，也弯下腰，猫手猫脚地帮忙。可能是不熟悉环境，她的头碰到了电脑桌面，发出了沉闷的响声。

这个响声惊醒了妻子。

妻子哼唧了两声，从沙发上睡意蒙眬地坐立起来，对于眼前的一切好像十分陌生。可正当她准备躺下去接着睡觉时，小A手中的一个杯子又跌落到地板上。妻子再次应声而起，她四下张望，翕动着鼻翼，随即跳下沙发，最终停留在了那位姑娘面前。我相信是一股隐秘的芳香把她带到了小A面前。

小A捧着康德和海德格尔的手开始瑟瑟发抖，牙齿与双腿也跟着哆嗦起来。她的害怕是有预见性的。因为就在那个瞬间，妻子浑浊的眼中忽然闪过一道十分陌生的光芒。伴随着"啊——呜——"一声长啸，她朝小A扑过去。

小A尖叫一声，慌忙扔掉手中的康德和海德格尔，提起裙裾往起居室逃去。妻子灵活地甩动四肢，紧追不舍，地板上回响起阵阵马蹄似的声响，像是正在发生一场战争。她们在几个房间里上演逃离与追逐的戏码，许多东西叮叮咚咚地被掀翻在地，直到小A瑟缩着肩膀躲到我的背后。

妻子气喘吁吁地站定在我面前，愤怒地审视着我。或许是见我没有让开的意思，她的双眼渐渐变得赤红，鼻子里喷吐出看不见的火焰，一边咆哮，一边朝后退去……我知道她要干什么了。

就在那个千钧一发的时刻，我大吼一声："爱丽丝"！

妻子怔住了，眼中的寒光渐渐消失。

"爱丽丝，别误会。这是我的一位朋友。她听说了你的故事，特地过来看望你。"我心虚地蹲下身子，抚摩着她鬃毛粗硬的脖颈，向她解释。

她好像听懂了我的话，低下头，"啊呜——啊呜——"地哭泣起来。

可这只是短暂的意识复苏。这一天之后，我无比沮丧地发现，我的妻子爱丽丝，已经完完全全地变成了一头猪。虽然她在吃饭睡觉之余，偶尔也能听懂我的只言片语，但我认为那只是她对我的某些习惯用语形成了条件反射。

我们再也没有一起看过一部电影。无论何时我抬起头打量她，都只听得到此起彼伏的呼噜声。她粗鲁无比的呼噜声，像是乡下呛人的煤烟，填满了所有的房间。

我迷恋上了香烟，一支接一支地抽。房间里烟雾滚滚，天花板上盘旋着多日之前的烟雾，所有的物体表面，都弥漫着一股尼古丁的味道。我此前闻到这股味道，就会恶心呕吐，而现在我已习以为常。每个周末，我都会跑到喧闹的酒吧里喝得烂醉如泥，每次都是两个酒保把我抬着塞进出租车。

无数个不眠之夜，我一遍遍地回忆起我们过去五年的婚姻生活，丝丝缕缕，异常清晰。即使是八年前我们刚刚认识时的场景，也清晰如昨。

我们的婚姻生活算不上尽善尽美，也算不上失败，但是存在不少罅隙和漏洞。正如我在前面所说，我们时常吵架，而且三番五次闹到了离婚的地步。吵架的原因，不一而足。最荒诞不经的是，她每每做了一个与我有关的梦，比如梦见我出轨，或梦见我揍她，准会在第二天与我争吵不休。很多时候，我对此感到烦不胜烦，甚至愤怒到极点，但是一想到我们共同度过的那些岁月，就于心不忍。我们像鸟儿筑巢一样，花了好几年时间，才筑起了这个还算温暖的巢穴。

现在，我面临着一次重大的人生选择。是选择余生都与一头猪生活在一起，还是选择与小A或其他姑娘重新建立一个家庭。小A真的很不错，不仅颜值高、身材好，而且善解人意。我们在一起生活，一定琴瑟和鸣。对于一个经历过婚姻但依然对婚姻生活存在幻想的人而言，这真的是一次千载难逢的机会。

可我又不忍将妻子驱赶出公寓，让她流落街头。如果被城市管理人员捕去，她的命运可想而知。将她独自留在公寓生活呢？显然也不是什么好主意。无人照顾，不出三天，她就会饿得头晕眼花。

这真叫人痛苦。这种像酒精和蓝色烟雾一样流动的痛苦，渐渐从我的脸上长了出来，我的相貌由此发生了惊人的变化，与过去判若两人。

十二月的第一个星期六,我潦草地吃了一点早餐后,独自去了远郊一座久负盛名的寺庙。我长久地跪在金碧辉煌的大殿里,向佛祖诉说这半年的遭遇,祈求他的帮助。当天晚上,我梦见一头闪闪发光的金驴,把我带到了一个荒凉之地。

第二天清晨醒来,回想起前一晚的离奇梦境,感觉像是某种暗示。我打开搜索引擎,输入"金驴"二字,意外地发现一条十分重要的线索,那就是古罗马作家阿普列乌斯创作的长篇小说《金驴记》。

词条贡献者这样介绍《金驴记》:阿普列乌斯在这部长篇小说中讲述了罗马帝国时期,青年鲁齐伊赴希腊旅行途中借宿友人家中,误以魔药涂身变成一头毛驴后的艰辛历程,饱受磨难中时有风流艳事相伴。鲁齐伊最终因得食埃及女神伊西斯的玫瑰花环,复现人形……

事实上,我在多年以前的外国文学课上,就读过这部长篇小说的梗概,只是随着时间的流逝,早已忘记得一干二净。现在,当它以这样一种方式重新唤醒我遗失多年的记忆时,我竟读出了几分神秘的味道。

我坚信,《金驴记》在我最迷茫的时刻出现在我的视野中,实际上是某种看不见的力量在给我指点迷津:不要放弃妻子,她还有机会变回原来的样子。而那唯一的机会,如果我没有理解错的话,就是想方设法得到埃及女神的玫瑰花环。

可是中国离非洲是如此之远。即使我远渡重洋抵达那个神秘的国度，又该在哪里寻找传说中的埃及女神伊西斯呢？然而，不论是为了妻子，为了我自己，还是为了那位姑娘，我都应该尝试一下。

十二月中旬，我将妻子托付给小A照顾，先从上海搭乘阿联酋国际航班到迪拜，再从迪拜转机前往埃及开罗。飞抵这座城市，我顾不上旅途疲惫，立即向当地人打听，到哪里才能见到埃及女神伊西斯。有的人指向东，有的人指向西，有的人指向北，有的人指向南，我一脸蒙。最后是一个英语流利的小伙子告诉我，女神被供奉于埃及南部阿斯旺省的阿基勒吉亚岛上。

根据这个小伙子的指点，我花了五十埃镑，从市区乘坐出租车去了吉萨火车站。我很幸运地买到一张当晚八点前往阿斯旺的卧铺车票。火车十分破旧，但票价很贵，一百二十美元。到达位于尼罗河东岸的阿斯旺，已是次日中午十二点，晚点三个半小时。用过午餐后，我登上了前往阿吉勒基亚岛的游船。

这是一座荒凉的小岛，但游客不少。我在菲莱神庙第一道塔门的浮雕上见到了埃及女神伊西斯和神祇荷鲁斯。伊西斯头戴王座状冠，身材丰腴婀娜，虽然风蚀较为严重，但容貌依稀可辨，确实是一位古埃及美女。我站立于女神面前，双手合十，默默地将妻子的遭遇讲述了一遍，请求她赐予玫瑰花环。

那个晚上，满天繁星，我入住尼罗河岸边的一家酒店。我原以为回旋于大脑皮层的时差会让我像前一夜在火车上那样彻夜失眠，结果却睡得跟猪一样死，可能是长途旅行，太疲惫了吧。因此，我也就没有梦见女神伊西斯，更没有梦见她赐予我玫瑰花环。我十分自责，不应该睡那么死，应该给梦境留一点儿空间。

第二天上午十点半，我搭乘飞机前往开罗。想到去机场前还有一点儿时间，我特地到尼罗河岸边散了一会儿步。在一个转弯处，我被一个清甜的童音吸引，原来是一个向游客兜售花环的小姑娘。我循声而去，惊喜地发现套在她手腕上的那些花环，正是用玫瑰精心编织的花环。我激动不已，立即购买了一个。

原来，伊西斯女神听见了我在神庙里默默讲述的故事。但也有可能只是巧合。

三十二个小时后，我拖着行李箱，风尘仆仆地回到了家里。

正是晚餐时分，小A像女主人一样系着围裙烹饪了三菜一汤，迎接我的归来。妻子正躺在沙发上呼呼大睡，呼噜声比水烧开时壶盖发出的声音还要响亮，然而家里被收拾得井井有条。吃饭时，我将离奇的埃及之行讲述给她们听，妻子充耳不闻，小A黯然神伤，我竟然忘了给她带一份礼物。

餐毕，小A坚持将餐具收进厨房，叮叮当当地涮洗一新，各归其位。尔后，她解下围裙，从洗手间找来剃须刀，动作笨拙地帮我将下巴上乱糟糟的胡须收拾得干干净净。她白净的双手时不时碰到我的脖子，她滚烫的呼吸偶尔也会拂到我的脸颊上，我一时意乱情迷，直至瞥见妻子才清醒过来。

妻子已酣然入梦。我送小A回家。在公寓楼下的小广场上，她向我索要了一个拥抱。我们心照不宣，谁也没有说话。目送她坐上出租车离开后，我坐在一个荒芜的凉亭里，抽了七八支烟，才回到家。

我深呼一口气，从那个在转机时刮了好几道印痕的行李箱里拿出了那个颜色依然鲜艳的玫瑰花环，郑重地戴到妻子头上，暗自祈祷。可能是觉得不舒服，从梦中醒来的妻子把花环摇晃到了地板上，随即一朵一朵地吃起来。

可能是第一次吃到味道这么特别的食物，妻子咀嚼得十分仔细。玫瑰浓郁的芳香，从她猩红的牙床之间漫溢而出。不一会儿，所有的房间里都浮动着玫瑰花香的雾霭。我从未闻到过如此迷人的玫瑰花香。我的身体渐渐变轻，简直要飘浮起来。

我预感到奇迹即将发生。晚上十一点，我将沉睡中的妻子抱到了那张席梦思大床上。她的身体也变轻了。我特别期待像格兰妮太太的丈夫见证她变形一样,也见证妻子变回人形的奇异时刻。我故意拖延睡觉时间,把我们的结婚照相册找出来,一页一页地翻看,甚至冲了一杯古巴咖啡。

回想起这数月间的经历,刚刚躺下之时,确实辗转难眠。如果妻子吃了玫瑰花环,依然不能变回人形,我还能坚持下去吗?如此种种假设,在我脑海里徘徊。可能是长途飞行过于疲惫,也可能是玫瑰花香具有神秘的催眠作用,我还是睡着了,而且睡得很死,就像我在阿斯旺度过的那个晚上一样,居然没有抓住一个梦境的尾巴。

那个不着一字的清晨,对我而言意义重大。

迷迷糊糊中,我隐约听见一个久违的声音。那是妻子变形以前的声音。"快起床了,你不是说有一个重要会议要参加吗?"与此同时,我的大腿被她用脚后跟轻轻地蹬了两下,那是妻子叫唤我的方式。我知道,她正背对着我睡囫囵觉。我暗想,埃及女神的玫瑰花环果然有奇效啊。但又觉得有什么地方不对劲。

我挣扎着睁开眼睛,却恐惧地看见一个毛茸茸的、颜色发红的长鼻子,往下是一个丑陋无比的大肚子,然后是四只醒目的猪蹄。

妻子不是已经变回人形了吗?

我正疑惑呢，妻子突然从床上夸张地跳了起来，好像卧室内发生了地震。紧接着，我听见我和妻子同时发出了一声令人绝望的尖叫。

创作谈 |

关于小说，我能说点什么？

二〇一九年某个北风呼啸的冬夜，一干人等在朝阳路一家云南馆子聚会后赶回鲁迅文学院十里堡校区时，灯火早已阑珊。虽然周身呼呼冒着热气，但都已十分疲乏，便在楼梯间拱手作别，互道晚安。不知为什么，二楼那条通向不同房间和不同气息的走廊，在这个晚上显得有些不同寻常，只见人影憧憧，长得好似没有尽头。恍惚间，走在我前边的周明全兄忽然停下，转过身，用一口标准"滇普"对我说："向迅，明年给我们写个专栏吧。"此事之前毫无铺垫，当是临时起意，听者也就更觉恍惚了——"好啊，写。"待反应过来，我痛快地接下了活计。没有理由拒绝。周明全兄执掌的《大家》杂志，业界有口皆碑，在我心底亦是一本有分量的刊物。成为其专栏作家，何其有幸哉。

答应归答应，但这活计对我来说，还真是新媳妇上花轿——头一回，自然没什么经验。我天真地以为一年写六篇文章，并不是什么难事。到底是莽撞了，如果能预知后来为了按时交稿会急得鸡飞狗跳茶饭不思夜不能寐时，或许就打退堂鼓了。其时已是岁末，遥远的"明年"近在眼前，专栏名和内容都需提前确定。依常例，专栏文章的体例多是散文随笔。周明全兄也是建议我写六篇同一主题的散文，好日后结集。我也有此打算。专栏名倒是很快敲定——"镜中迷宫"，是我密谋已久的一部长篇小说的名字，也是赶鸭子上架实在没招了，拿出来当挡箭牌，内容却迟迟未决，尽管为此失眠数日，也没有想出一个好主意。看来，对每一个写作者而言，拦路虎不止是"怎么写"的问题，"写什么"同样是。

第一期专栏文章的交稿日期，如从未来射出的一颗子弹，携带火药味呼啸而至。那时学业繁重，每日早出晚归往返于十里堡与积水潭，周五还要赶去芍药居，除了周末，实在没有多少闲暇。何况我不是日敲万字的快枪手。迟迟拿不出稿子，心急如焚，如坐针毡啊。眼看就火烧眉毛了，怎么办呢？逼急了总有法子。屉子里恰好藏有一未敢示人的短篇小说，名为《小镇艺术家》，八月猫在南京的出租屋写的。定稿后即投给一家小说刊物，美滋滋地想着见刊以后如何在朋友圈昭告天下，哪知迟迟不见回音，就再也没给人看过，更不敢对人声称自己在写小说。这当口，只好拿它出来江湖救急。不承想，这一狗急跳墙的举动，无意间把散文专栏变成了小说专栏，也就等同于把自己逼上了一条绝路。还没听说谁开设过小说专栏呢，我可是个货真价实的小说新人啊。真够疯狂的——后来读一本访谈录，竟发现某位前辈多少年前就这么干过，好像也是在《大家》杂志。好吧，太阳底下无新事，你只是炒了别人的现饭，还喜不自胜。

周明全兄对此并没有说什么，我却颇有些心虚。毕竟《小镇艺术家》是我的小说处女作——尽管这年十一月，我的一篇散文被一家刊物当作小说发了；尽管在此之前，我确乎读过一些"西方正典"，还因长期从事文学编辑工作，来自五湖四海的小说稿件并没有少看，但我深知，读和写是两码事。读得多，并不能代表你就一定写得好，两者不能划等号，不然这个世界上写小说写得最好的，应该是专门研究小说的批评家。对于小说，我自有判断，并相信自己的判断，但对于自己的小说，平素的标准似乎失效了，当局者迷是也。那次投石问路，更是让我了无信心。而周明全兄是行家，岂是那么好糊弄的？事后想及此事，觉得自个儿多少有些不厚道：仗着周明全兄的信任，把并不自信的小说拿出来交差。

既已开弓，就等于火烧山神庙上了梁山，只能一条道走到黑了，借用李敬泽先生的话说，就是"横冲直撞只管写去，杀猪杀得黑猪满院子跑，有人围观有人尖叫，好吧，你会对着你制造的废墟顾盼自雄"。——顾盼自雄我不敢，舍我其谁更不敢，但借此激发甚至挑战自己的创作潜力，倒是可以坦然承认。坊间流传着一个说法：散文作者转型写小说，鲜有成功的范例。何以如此？语言不同，思维方式不同。作为职业读者和文学编辑，我对此说法大体是认同的，例子并不少见。但作为作者，还是想勘探，想确认：我能否突破自身的限度？我能否换一种语言换一种思维方式写作？——我想象着自己身轻如燕，在不同的文体间闪转腾挪，并不受那些壁垒、护城河、界沟、界碑、院墙与栅栏的限制。这当然只是我一厢情愿的幻想，但与一种文体耳鬓厮磨久了，确实会被丝丝缕缕的倦意缠身，总想到陌生领域一展身手。

庚子年春，我被那场肆虐全球的疫情困在湖北老家三月之久，真是漫无边际的煎熬。而正是在鸡飞狗跳的家中，我在关注疫情、上网课、看稿子、劈柴、配合防疫之余，把针头线脑的时间拼凑起来，趴在一张简易桌上完成了第二篇专栏文章《我所认识的巨翅老人》。这篇小说写得畅快，几无障碍，可能与我打了多年腹稿有关——自从读过马尔克斯的《巨翅老人》之后，那个故事好似就在我心底扎下了根。但接下来的四篇，就没这么好的运气了。那时天下仍不太平，多少有点兵荒马乱的意思，根本无心读书写作——面对艰难时世和世间万象,"写作何为"这一根本命题困扰着我。如今想来,那不过也是庸人自扰罢了。其中两篇写得尤为艰难,时常卡在半途难以为继,以致迟迟不能交稿,真是秋风秋雨愁煞人,寒宵独坐心如捣啊。更愁人的是,小说写着写着便偏离了预设的轨道,往岔路上一路狂奔,九头牛都拉不回来。自然是不甚满意的,一心想着推倒重来,可着实有心无力,毕竟已拖稿数日。"先交差,待日后有了时间再重写。"我对自己如此说,对周明全兄也如此说。

如此,挨到了十一月,我终究是完成了专栏"镜中迷宫"的写作,而没有半途而废,没有放周明全兄的鸽子。清楚记得,把第六期专栏文章《白色灯塔》修订稿发给周明全兄后,坐在电脑前的我,长长地舒了一口气。每年初,我都会列上一长串写作计划,甚至早早地为每一篇想写的文章起好标题,这一年也不例外,但一年下来,仅仅勉力完成了五个短篇的写作,此外,再无一篇像样文字。创作潜力不过尔尔,这就是真实的自己啊。但如果阿Q一点,似乎也没有那么糟糕,毕竟我是一个摸着石头过河的小说新人啊。犹记《白色灯塔》见刊不久,意外收到一位浙江老先生的来信,说读了这篇文章颇为感动云云。我读了信当然也很感动,只不过猜测他是当散文读的,把原本子虚乌有之事当成了我的亲身经历。

凛冬悄然而至,但不南不北的南京以晴朗天气居多,更像是秋日。写了一年小说,犹如初次体验长途跋涉之旅的马匹,固然身心俱疲,可对诗与远方仍然怀抱憧憬。某个晚上散步消食的途中,灵感突降,于是爬上楼,趁热打铁写下了近两万字的短篇《妻子变形记》,《芙蓉》杂志次年当中篇发了。之后,又构思了两个短篇,但均因没有完全厘清小说内部的逻辑关系而搁置。再想动笔时,发现那股子想在小说创作上大显身手的心气劲儿,早已踪影全无。真是此一时彼一时。看来创作如同行军打仗,也需一鼓作气才行。

庚子年之后,和整个元气大伤的社会一样,我的创作好似也步入了休耕期和调整期,两三年间,几无新作问世。原因自然可以列出一箩筐,比如为了完成毕业论文无暇他顾,比如因为《与父亲书》的出版,各种宣介活动消耗掉了有限的精力,比如隔三岔五被毫无意义的事情反复折腾,整个人变得跟机器人一样麻木,等等。但究其实质,这些不过都是托辞,最主要的原因可能在于,我在跟自己较劲:我到底想写什么样的文章。这是发生在我身上的周期性事件,每隔一段时间,它就会发作一次。我对过去以及当下的写作状态,似乎不曾满意过;对过去写下的那些文章,亦作如是观。这种自我质疑与否定,让我产生巨大的挫败感。频频生起的创作冲动,也就被强烈的自我意识压制住:如果不能达到我所期冀的那种效果,何必浪费精力和纸张呢。但也不是完全没有动过笔,比如《七月晚餐》,比如《声音博物馆》。

被我偏爱的《七月晚餐》,大致完成于二〇二一年九月。当时打算写一篇关于父亲的长文,而《七月晚餐》中的内容,只是构思中的若干小节中的第一节,原计划三千字解决问题,哪里想到往事汹涌,结尾时字数超了一半,放在长文里已不太合适,只好单独拎出来。好在它不是记忆碎片,而是非常完整的一篇文章。需交代的是,构思伊始,我就没想着要写一篇散文,虽然事件是真实发生过的;也不是刻意要耍一些花招,设置一些障眼法,而是告诫自己:把在记忆的长河中打捞这件与父亲有关的往事时所调动起来的一切意识活动,毫无保留地"记录"下来。或许正是如此,它最终呈现出来的面貌,已不再是一篇严格意义上的散文——尽管它被当成散文发表于次年的《山花》杂志,还被收入一个散文年选,可无论是开头还是结尾,其虚构属性都显而易见;中间部分,我原以为是忠实于事件本身的,某一天却不无惊讶地发现,我是把父亲和哥哥两个人所做的事情,合并到了父亲身上,但这好像也不是把它划归为小说的理由。于是,对于它的文体,作为这一文本的创造者,我也不能清晰地给出答案。

这大概是我真正想写的那一类文章。也不知从什么时候开始,我对那类长得特别像散文的散文和通篇只是讲述一个故事或是以讲述故事为核心的小说,已然失去兴趣。某次苏童先生与弟子们小聚,他在席间说,故事到契诃夫为止(大意如此),我深以为然。虽然文学的进化不同于科学,但如果你所写下的文章,既不能给读者带来文本之外的思考,也不能给同行提供新的动力和新的方法,其意义从根本上来说都值得商榷——如果能对某一文体的发展做出独特的贡献,譬如让人意识到:"啊,散文居然可以这样写!""小说居然可以这样写!"那就功莫大焉了。当然了,这对绝大多数人尤其是我等平庸之辈而言,只能是心向往之之事,毕竟即便翻开世界文学史,文体家也是寥若晨星。

哦,好像扯远了。让我们把时间回拨到二〇二三年。这年一月,儿子出生,我升级成为父亲;二月,在朋友的提醒下,我开始整理"镜中迷宫"这个放了一年多的专栏——事实上,我不曾忘记结集的事儿,只是想到书稿尚处于未完成状态,也就不曾动手。忙里偷闲把那几篇文章翻找出来浏览,竟发现《父亲失踪史》和《白色灯塔》这两篇当时一心想着推倒重来的文章,好像也有可取之处。事情就是这么诡异。时间改变了一个人的看法。但也有可能是,那么长时间过去,我依然没有积攒起足够大的勇气和动力,去对旧作进行重写。还有可能是,时过境迁,我早已失去了重写的雄心和热情,尽管当初打算如何重写的思路依然清晰。更有可能是,我俨然是以一个父亲的身份和眼光来看待这几篇小说了——自己生的孩子，怎么看都顺眼啊。我想，就这样吧，不再劳心费神，让它们保持原貌吧。即便《沙之书与巴比伦花园》这篇小说中存在一处知识上的硬伤，也不打算修正。

打定了主意，我便按照发表时间的先后顺序，把六篇文章编辑到同一个文档里。考虑到一本集子最理想的字数，我把《妻子变形记》放了进来；仍不太够，犹豫了一阵儿，把《七月晚餐》放了进来。还想把《声音博物馆》放进来，奈何这篇文章尚未完成，只好作罢。如此一来，一个集子就算编辑好了，倒没费多少工夫。按照通用做法，这个集子应该取名《镜中迷宫》才合情合理，毕竟如果没有这个专栏，就不会有这个集子，何况每一篇文章讲述的都是镜中之相和命运迷宫。或者把六篇专栏文章任意一篇的篇名拿来做书名，也是不错的选择。比如《父亲失踪史》就特别恰当。我曾在出版于2021年的《与父亲书》的后记里如此写道："去年，《大家》杂志给我开设了一年小说专栏。我为此创作了六篇短篇小说。当我把最后一期稿件发给编辑时，我吃惊地发现，六篇小说中，有五篇小说的主人公，都拥有同一个身份，那即是父亲，而且是失踪的父亲，作为失败者的父亲。"但最后，我却选择了用《七月晚餐：南方幻想故事集》做书名。

如此选择，多少有点意气用事，有点随意，但仍然是严肃的考量，它暗含了我对文学最基本的看法，如刚才所说，我不太喜欢那种长得特别像散文的散文和以讲故事为核心的小说，而在收入这个集子的八篇文章中，《七月晚餐》是最不像小说的那一篇。而之所以还将这个集子冠以"南方幻想故事集"的名头，那是因为所有的故事都发生于潮湿的南方，而且每一个都带有博尔赫斯式的幻想色彩。——提到博尔赫斯，难免想到《小镇艺术家》这篇小说是如何诞生的。二〇一九年八月，南方冒火的八月，不知怎的就技痒难耐，想动手写一篇幻想小说，而且真的写起来了。此前也无数次动过写小说的念头，但没有一次付诸行动。我想，这次可能与我刚到南美洲访问有关吧。记得在巴西南部与一位阿根廷北部作家座谈时，我曾隔着一条大河眺望了一眼博尔赫斯生活过的阿根廷，想象了一下他时常出没的布宜诺斯艾利斯。

风起于青蘋之末，世上的事儿，谁能说得清呢？

七月晚餐：南方幻想故事集

出品人	郭文礼	选题策划	刘文飞	责任编辑	刘文飞 武慧敏
助理编辑	殷欣如	复审	陈洋	终审	古卫红
装帧设计	FAJUN	印装监制	郭勇	项目运营	有度文化·刘文飞工作室

投稿邮箱｜liuwenfei0223@163.com

微　　博｜http://weibo.com/liuwenfei0223　　微信公众号｜YOUDU_CULTURE